Table of Contents

TREZIREA BECKĂI
SERIA FAMILIEI WINSTON
CARTEA I

ROWENA DAWN

SCARLET LEAF
2018

DEDICAȚIE:

Pentru două cupluri care s-au îndrăgostit la prima vedere și a căror dragoste continuă să fie la fel de puternică după foarte mulți ani de căsătorie:

Dafinka și Giampaolo Scatozza

Diana și Aurel Botorog

CUPRINS

FAMILIA WINSTON

COPIII REBECCĂI

Adam (c. Anna)

Evelyne (decedată)

Copiii lui Adam

Marjorie (geamănă, c. Jonathan) – copii: Matt (34), Maggie (28), Jay (28)

Michael (geamăn, c. Amelie) – copii: Josh (26), Lily (26)

Gabriel (c. Emilie) – copii: Ariel (32), Alex (32), Becka (19)

PROLOG

-HAI, MĂI, OMULE, ASTA nu e deloc corect! explodă Josh.

Își aruncă furculița înapoi pe farfurie, ceea ce o făcu pe mătușa sa, Marjorie, să se încrunte. Ea iubea acel set de vase și se temea că frustrarea tânărului bărbat va duce la crăparea farfuriei mai devreme sau mai târziu.

-Tu te plângi? își flutură Maggie furculița spre el în batjocură și își dădu ochii peste cap. Ești încă destul de tânăr în comparație cu unii dintre noi și ai destul timp la dispoziție, așa că nu ar trebui să te plângi! i-o întoarse ea cu mânie.

-Are dreptul să se plângă, Maggie, la fel ca oricare dintre noi, replică Becka, susținându-l pe vărul său. Și ce dacă noi sântem mai tineri? Sântem cu toții în aceeași barcă, lovi ea cu pumnul său mic în masă. Mătușică, nu putem face nimic să rezolvăm problema aceasta?

-Știu că vrei, păpușă, dar nu poți face nimic, o mângâie mătușa Marjorie pe braț, încercând să o liniștească. Trebuie să faceți ce trebuie să faceți.

-Deci trebuie să plătim noi pentru ceva ce s-a întâmplat acum o sută de ani, înainte ca noi să ne fi născut? Cum are chestia asta vreun sens? se răsti Alex și se alătură celorlalți, exprimându-și supărarea, deși aceasta nu-l opri din a mai lua o bucată de plăcintă.

-E mai puţin de o sută, măi, găgăuţă! îi replică Lily cu dispreţ şi-l lovi peste braţ.

-Cui naiba îi pasă? îi răspunse Alex cu gura plină.

Niciodată nu învăţase să nu vorbească cu gura plină, chiar dacă părinţii lui au încercat din greu să-l dezveţe de acel obicei. Oricum, lui nu-i păsa nici cât negru sub unghie de astfel de lucruri şi, în special, acasă.

-O sută, două sute, acelaş rahat, scuzaţi-mi franceza. Ştiţi ce? Eu nu am chef să plătesc pentru greşelile unui măgar, îşi termină el discursul înfierbântat, cu degetul tot îndreptat spre Lily.

-Şi atunci ce propui să facem? întrebă cu nonşalanţă Matt, care până atunci îşi ţinuse gura închisă.

Tot sorbise din whiskey-ul lui tăcut, cu o expresie detaşată pe chip, care sugera că nimic din ceea ce se discuta nu-l afecta pe el.

-Nu-mi spune că eşti de acord cu chestia asta! îi răspunse Alex cu neîncredere. Haide, Matt! Eşti cel mai în vârstă dintre noi, omule, şi mai ai numai un an la dispoziţie. Sunt convins că eşti la fel de furios ca şi mine, dacă nu mai mult! Nu pretinde că nu te deranjează pentru că este imposibil!

Matt păstră tăcerea câteva secunde, mai sorbi din paharul său un pic, apoi îl privi pe Alex şi îşi scutură capul.

-Furios? Poate. Pot să fac ceva în legătură cu asta? Nu cred, îi replică el vărului său cu indiferenţa lui obişnuită, fixându-l cu privirea. Aşa că de ce m-aş agita?

Nici unul dintre ei nu avu nici un răspuns. Toţi ştiau că exista o anumită stipulare pe care trebuiau să o îndeplinească şi abia după aceea puteau primi banii din trust şi să obţină puteri depline.

Mai rău era că trebuiau să o facă înainte de a ajunge la vârsta de treizeci și cinci de ani, pentru că dacă atingeau acea vârstă fără a îndeplini acea condiție, partea lor de bani era împărțită între ceilalți mai tineri care încă mai aveau timp să reușească sau să eșueze.

-Știți ce? Mie chiar nu-mi prea pasă dacă obțin potențialul deplin al puterilor mele, spuse Ariel gânditoare, fără să se adreseze nimănui în mod deosebit, deși mi-ar fi plăcut să văd ce aș fi putut face dacă aș fi avut puteri complete..., continuă ea, pierdută în gânduri ca de obicei.

Verii ei așteptară ca ea să ajungă la punctul final al discursului ei. Știau că avea prostul obicei de a bate câmpii și de a se pierde în gândurile sale, lăsându-i pe oameni să aștepte. Cu toate acestea, în marea parte a timpului, dacă nu mereu, găsea soluții interesante dacă aveau răbdarea să o asculte.

-Dar aș vrea să fac ceva pentru mine însămi. Mi-ar place să-mi deschid o mică afacere, spuse Ariel în final, exprimându-și dorința ascunsă.

-Continuă să visezi, fată, se răsti Maggie, deja plictisită de felul în care Ariel își tot tărăgăna vorbele.

Maggie nu avea deloc răbdare și, din nefericire, acea trăsătură a ei avea unele rezultate negative în viața ei de zi cu zi.

-Până ce te îngrijești de ce trebuie să faci, Ariel, fată dragă, nu vei putea să deschizi nici măcar un șopron, îi spuse ea.

-De ce ești mereu așa răutăcioasă cu ea? se răsti Alex la Maggie. Dacă vrea să viseze, las-o să viseze. Oricum, ce altceva poate să facă? Ce altceva poate oricare dintre noi să facă? întrebă el, iar privirea sa furioasă trecu de la unul la altul pentru a le vedea reacțiile.

-Să învingeți blestemul? sugeră Marjorie blând, încercând să dezamorsez o potențială situație explozivă.

-Nu-i atât de uşor, mătuşică, spuse Ariel cu tristeţe. Am încercat, doar ştii... Îţi aminteşti? Am crezut că tipul acela, Eric, cel pe care l-am întâlnit acum doi ani, ar fi fost alesul. Nu a fost să fie, doar ştii... Nu este uşor, şi tu o ştii doar foarte bine. Vezi doar cum sunt lucrurile acum. Nu mai există nici un fel de romantism real în lume, mi-e teamă. Dacă nu mai există nici un pic de romantism, unde să găseşti iubirea adevărată atunci?

Marjorie o aprobă dând din cap. Ştia şi ea cum stăteau lucrurile. Nu era floare la ureche să-ţi găseşti iubirea adevărată. Fusese şi ea în aceeaşi situaţie ca şi ei când i-a venit rândul şi pierduse aproape tot din cauza propriei încăpăţânări şi amestecului familiei sale.

-Nu este niciodată uşor, draga mea, ştiu, îi răspunse ea, mângâindu-i braţul cu dragoste. Dar, Ariel, draga mea, trebuie să încerci. Nu poţi să renunţi pur şi simplu. Gândeşte-te numai! Îţi vei putea folosi puterile şi vei obţine banii, dar numai dacă îţi vei găsi dragostea adevărată şi i te vei dărui complet. Vei fi cu adevărat fericită atunci!

Ariel îşi întoarse ochii spre farfuria de pe masă. Ştia că toţi ar fi citit în ochii ei că s-a resemnat deja şi îi era silă să tot audă platitudinile şi încurajările pe care familia se simţea obligată să i le spună ori de câte ori vedeau că gândea astfel.

Toţi din jurul mesei rămaseră tăcuţi câteva clipe, iar Jay se mai servi din plăcinta fantastică a mamei sale.

Marjorie era cea mai bună bucătăreasă din familia lor şi de aceea aleseseră să se întâlnească la ea acasă. Totul era mai uşor de înghiţit când se găsea o plăcintă sau o prăjitură bună pe masă. Cel puţin, aceea era părerea lui Jay.

-Cred că ar trebui să vedem dacă există vreo cale legală să ieşim din situaţia aceasta, fraţilor. Ne trebuie banii acum, nu-i aşa? Nu e ca şi cum am putea aştepta o eternitate! sparse Alex tăcerea când ideea îi veni brusc în cap, iar ochii lui îi evaluară pe toți cu grijă și îi văzu înclinând din cap că erau de acord. Uite, continuă el, am aproape treizeci și doi de ani. Nu am timp de lucruri idioate și de jocuri și de încercări cretine să-mi găsesc marea iubire! Vreau să fac ceva pentru mine însumi acum, așa cum a spus și Ariel. Acum, când încă pot.

Deși aproape toți erau de acord cu el, toți se uitară la Matt. Se știa că era cel mai deștept din familia lor și știau că orice soluție trebuia să vină de la el. Ochii lui Matt se plimbară în jurul mesei când acesta le simți privirile pline de speranță ațintite asupra lui și, într-un final, își scutură capul.

-Nu e nici o cale de ieșire, amice, își puse Matt paharul pe masa de lemn și, în același timp, se ridică de pe bancă. Dacă ne-ai chemat aici numai pentru această discuție, atunci eu am plecat. Am lucruri serioase de făcut, locuri de văzut...

-Nu vrei nici măcar să încerci, strigă Becka, sărind și ea de pe locul ei. Pur și simplu ai renunțat pentru că mai ai puțin timp la dispoziție și nu îți mai pasă.

-Am încercat, draga mea, îi răspunse Matt cu un zâmbet trist pe buze.

Becka era verișoara lui favorită. Poate pentru că era cea mai mică sau poate pentru că nu era răzgâiată și era amuzantă și avea o inimă mare. Degetele lui îi mângâiară obrazul cu dragoste, dar în același timp cu tristețe, iar apoi o sărută pe frunte.

-Becka, am încercat din greu să găsesc o portiță de ieșire în cuvintele din documentele pentru trust. Crede-mă, nu există nici una. Dacă eu nu am putut găsi nimic, draga mea, atunci nimeni nu poate și o știi doar. Este un motiv pentru care sunt considerat cel mai bun avocat din țară, și cu toții știți că nu spun asta numai din vanitate. Oricum, draga mea, zilele acestea mă mulțumesc să-mi fac banii muncind din greu și bucurându-mă cât mai mult de puţinul timp liber pe care îl am. Am încetat să mai încerc să îndeplinesc altfel de visuri. Nu e în cărţi pentru mine, atâta tot.

Toţi verii îl priviră şocaţi. Numai sora lui, Maggie, îl înţelegea foarte bine. Nu avea ea prea multă răbdare, în special cu proştii, dar Matt reprezenta ceva special pentru ea.

Întotdeauna îl admirase şi ştia că nu era genul de om care să renunţe la nimic fără luptă. Auzindu-l spunând că s-a resemnat o făcu să înţeleagă profunzimea mâniei lui, chiar dacă el o ascundea faţă de ei.

Simţi nevoia să îl ia în braţe şi să nu-i mai dea drumul, dar ştia că lui nu i-ar fi plăcut aşa ceva. Fratelui ei nu-i plăceau manifestările exagerate de afecţiune, aşa că se mulţumi să-l mângâie uşor pe mână.

-Matt, ar trebui să încerci să-ţi foloseşti timpul rămas căutând o fată pentru tine, îi spuse maică-sa cu reproş, şi atenţia tuturor se întoarse spre Marjorie, care continuă. Mai ai încă o şansă, fiule, şi eu nu vorbesc aici despre bani, şi o ştii foarte bine. Ştiu că povestea aceea cu Velma te-a făcut să-ţi fie teamă să-ţi mai angajezi inima din nou, iar mie chiar nu-mi place asta. Acesta nu este Matty pe care-l ştiu eu. Aceea nu a fost iubire, fiule, şi ştii foarte bine. Dacă ar fi fost iubire adevărată, ţi-ai fi căpătat puterile pe deplin chiar dacă nu ai obţinut banii.

-Mamă, Velma a ieşit din tablou de mai bine de un deceniu deja. Este o poveste din trecut. Care e scopul de a o mai aduce în discuţie acum? i-o întoarse Matt scurt, scuturându-şi capul.

Nu înţelegea insistenţa mamei sale de a aduce din nou în prezent amintiri amare.

-Pentru că din cauza ei ai încetat să mai priveşti femeile cu speranţă, sublinie Marjorie, scuturându-şi degetul mustrător la primul său născut. Te gândeşti că toate femeile sunt ca ea şi de aceea iei tot ce poți de la ele și mergi mai departe. O altă femeie pe listă! E ca și cum ai ține scorul: cu câte femei poate Matt să fie norocos? îi reproșă ea cu acreală, ceea ce nu era ceva ce mai văzuseră înainte.

Ochii tuturor erau fixați pe ea.

-Nu este bine pentru tine, Matt! Chiar dacă ai renunțat la banii din trust, ceea ce, apropo, este o prostie, încă ești în viață și tot ai nevoie de o femeie pe care să te poți baza, după cum am spus mereu. Vei îmbătrâni singur și amar! își încheie Marjorie tirada neobișnuită, împungându-și fiul în piept cu degetul.

-Mulțumesc pentru previziunile de viitor, mamă. Este întotdeauna fantastic să știi cum îți va fi viața! replică Matt cu sarcasm și se mișcă din calea degetului ei ascuțit.

Cu toate acestea nu plecă. Părea nehotărât și își aruncă privirea spre verii săi.

Marjorie își scutură capul cu amărăciune, dar decise să nu mai continue cu acea linie de discuție. Își cunoștea fiul foarte bine și știa că nu putea spune sau face nimic care să-l facă să se răzgândească când reacționa astfel. Era ca și cum ar fi vorbit cu un perete.

Tăcerea se întinse câteva minute. Toată lumea era ocupată. Fie își mâncau plăcinta, fie se jucau cu paharele lor de băutură, pretinzând că nu se întâmplase nimic deosebit între Marjorie și fiul său cel mai mare. Dar mai cu seamă, încercau să evite să se privească în ochi, de teamă că vreunul ar putea spune ceva supărător din nou.

Până la urmă, Alex, cel care vorbea cel mai deschis dintre toți, nu mai suportă tăcerea incomodă și se uită în jurul mesei pentru a vedea cam care era starea de spirit a fiecăruia. Nesigur dacă merita efortul sau nu, se decise să încerce un nou subiect de discuție.

-Ştii că tu eşti nepotul favorit al bătrânei doamne, Matt. Nu o poţi convinge să pună capăt la această nebunie? Ea poate să schimbe documentele dacă vrea. Nu e ca şi cum cuvintele ar fi săpate în piatră, spuse Alex şi îi aşteptă răspunsul lui Matt cu nelinişte.

-Am încercat şi asta, Alex, spuse Matt oftând şi scuturându-şi capul. A spus că a făcut-o pentru binele nostru, ce-o vrea ea să spună cu asta... Aşa că... Pot spune că am încercat absolut totul şi că e timpul să-mi limitez pierderile.

Din nou nici unul nu spuse nimic câteva clipe şi, din nou, nici unul nu îi putea privi pe ceilalţi în ochi, în timp ce tăcerea se întindea.

Încurajat de tăcerea neobişnuită, pentru că de obicei astfel de adunări erau foarte zgomotoase şi pline de conversaţie, Matt îşi luă la revedere cu o simplă fluturare a mâinii şi o porni spre cărarea ce ducea spre uşa de la bucătărie, fluierând uşor pentru sine.

Ariel, gânditoare ca mai întotdeauna, privi după el până ce dispăru din vedere şi nu o mai putea auzi, iar apoi spuse cu tristeţe:

-Este trist... Într-adevăr foarte trist. Este cel mai mare dintre noi şi deja a renunţat.

Câteva momente toţi s-au holbat la ea fără cuvinte, de parcă i-ar mai fi crescut un cap în ultima oră.

După o clipă, pentru că nu îşi putea crede urechilor, fratele ei, Alex, îi replică furios:

-Ei bine, şi noi sântem destul de aproape, Ariel. Nu e ca şi cum am mai avea mult timp la dispoziţie, nu-i aşa? Doar vreo trei ani, nătângo! Când am împlinit treizeci şi cinci de ani, s-a dus totul: banii, puterea, totul. Şi nu putem face nimic să oprim chestia asta!

-Nici măcar să trişăm, interveni Jay cu amărăciune, iar ceilalţi izbucniră în râs.

-Oh, da, mi-amintesc bine, spuse Lily. Ai încercat să faci pe nebunul îndrăgostit şi ai venit cu tipa aia redusă mental. Camilla, cred că era numele ei.

Jay aprobă dând din cap zâmbind. Uitase deja de ridiculizarea pe care o suferise atunci. Temperamentul său comod nu îi permitea să fie ranchiunos pentru mai mult timp.

-Da, dar nu a mers, nu-i aşa? spuse Josh foarte la obiect. Fosilele acelea două te-au mirosit imediat.

-Eh, ei pot să citească mintea omului, aşa că a fost floare la ureche pentru ei să-l dea de gol, sublinie mătuşa Marjorie cu un zâmbet enigmatic pe buze. De aceea au fost numiţi administratori, ştiţi bine. Nimeni nu îi poate păcăli. Nu ar fi trebuit să încerci să trişezi, Jay. Bătrâna doamnă nu te-a iertat încă.

Jay ridică din umeri. Ştia el bine care îi era relaţia cu străbunica lui în zilele acelea. Nu credea că ea îl va ierta vreodată.

Bătrâna scorpie era o adevărată comoară. Era plină de resentiment şi amărăciune.

Doar câţiva dintre ei mai puteau să smulgă vreun zâmbet de la ea, iar în ultima vreme, el nu s-a aflat în acel grup. După isprava cu femeia aceea, străbunică-sa nici măcar nu-l mai băga în seamă la cinele de familie. Pretindea că el nici măcar nu există.

Jay aruncă o privire în jur şi observă că toţi tăcuseră, gândindu-se la implicaţiile a ceea ce i s-a întâmplat.

Spera cu adevărat că nu va mai trebui să treacă printr-o nouă perioadă de glume răutăcioase sau tachinare inocentă, la care Becka era maestră. El chiar tresări când Becka începu să vorbească, așteptându-se la ce era mai rău.

-Deci trebuie numai să așteptăm ca ei să moară... începu Becka să spună ezitant, privirea ei trecând de la unul la altul.

-Nu așa de repede, o întrerupse Marjorie în grabă. Regula spune că dacă cei doi decedează, alți doi le vor lua locul. Același tip de puteri, păpușă, așa că nu vei avea cum să-i păcălești nici pe aceea. Trebuie să înțelegi că nu există nici o cale ocolită. Trebuie să joci după reguli.

-La naiba! înjură Alex. Și toată drama asta numai din cauză că străbunicul a avut tupeul să o părăsească pe străbunica pentru altă femeie și un alt idiot a părăsit-o pe mătușa Evelyn la altar și ea s-a sinucis! își scutură el capul, de parcă totul era de neînțeles pentru el. Deci, acum, generație după generație trebuie să plătească din cauza acelor doi idioți. Unde naiba este dreptatea în toată chestia asta?

-Ei bine, și eu cred că a fost o concluzie extrem de radicală din partea bunicii mele, replică Marjorie conciliatoriu. Dar nu a existat niciodată o cale de a o face să se răzgândească, din păcate. Știu că tatăl meu a încercat la vremea lui, dar nu a vrut să-l asculte. A încercat din nou când fericirea mea era în joc, și tot nimic. Nu a vrut să renunțe, să dea înapoi. Nici măcar un pic. Din moment ce banii erau încă ai ei, avea dreptul să decidă ce dorea să facă cu ei.

-Dar de ce blestemul referitor la puterile noastre? Asta chiar nu pot să o înțeleg, se minună Becka.

-Acelaş motiv. Bunicul era şi el vrăjitor şi a folosit acele puteri pentru a seduce o femeie foarte tânără şi pentru a o părăsi pe bunica. Iar bărbatul care a părăsit-o pe Evelyn la altar fusese şi el ademenit de o vrăjitoare. Aşa că bunica nu mai dorea ca nici o altă vrăjitoare să-şi abuzeze puterile.

-Dar eu nu aş face-o! strigă Becka.

-Ştiu asta, puiule, o bătu Marjorie pe mână cu tandreţe. Nu toate merele sunt putrede, eu ştiu măcar atâta lucru. Dar bunica nu a vrut să audă nimic, aşa că... Sântem cu toţii în aceeaşi găleată. Acum toţi din generaţia mea au trebuit să plătească pentru asta, iar generaţia voastră trebuie să plătească, de asemenea. Oricum, dacă reuşiţi să vă găsiţi dragostea adevărată şi să obţineţi banii, atunci problema banilor se va încheia, iar generaţiile viitoare vor avea numai blestemul să-l învingă, încercă Marjorie să le ridice spiritele, dar fără prea mult succes.

-Oh, numai atât, oftă Lily şi îşi puse bărbia în mână, fixându-şi privirea visătoare undeva în depărtare.

-Chiar am vrut să deschid o pepinieră, şopti Ariel neconsolată, iar fratele ei îi mângâie degetele, în timp ce ochii lui luceau cu profundă îngrijorare pentru visurile surorii sale.

-Nu e totul pierdut, draga mea, spuse Marjorie şi îi mângâie şi ea mâna. Vei vedea. Îţi vei găsi sufletul pereche, Ariel. Totul va fi bine.

-Unde? Unde aş putea să-mi găsesc sufletul pereche, mătuşică? Oamenii de care mă lovesc în fiecare zi nu sunt nici măcar potriviţi să-mi fie iubiţi, crede-mă. Nu i-aş lăsa să se apropie de mine pentru nimic în lume, aşa că să-mi găsesc sufletul pereche este absolut imposibil. Nu există nici o şansă pentru mine în lumea asta! M-am uitat peste tot în jur ani de zile şi nimic! spuse ea, iar de data aceasta îi apărură lacrimi în ochi.

-Aşteaptă şi o să vezi, Ariel. Lucrurile astea au felul lor de a se petrece, îi şopti Marjorie, iar apoi începu să le adune farfuriile pentru a le arăta că s-a încheiat conversaţia.

Nu avea nici un sens să dezbată ceva ce nu putea fi schimbat. Nu mai era nimic de adăugat, iar scâncitul nu ajuta defel. Femeia mai în vârstă ştia asta bine. Scâncitul nu ajuta niciodată. Trebuia să-ţi sufleci mânecile şi să faci ceva.

Deşi ceilalţi au sărit de pe scaune să o ajute, toţi se gândeau încă la conversaţie şi la viitorul care nu părea prea rozaliu, ba chiar arăta cam lipsit de speranţă pentru ei în acel moment.

CAPITOLUL 1

Becka părăsi cafeneaua în grabă. Ținea o cafea fierbinte într-o mână, iar în acelaș timp, încerca să îndese o brioșă și un covrig în geanta ei cu cealaltă mână.

Uitase să ceară o manșetă de protecție pentru paharul de cafea de unică folosință, iar în plus, uitase să ia măcar un șervețel. Capul îi era în nori în acea dimineață, iar acum fierbințeala cafelei îi ardea degetele prin paharul de hărtie.

Nu se mai putea întoarce la cafenea. Era deja în întârziere pentru clasele de dimineață, iar ultimul lucru pe care îl dorea era să piardă cursul cu subiectul ei preferat.

Becka continuă să se lupte cu toate. Încercă să convingă brioșa și covrigul să intre în geanta ei, întrebându-se de ce oare plecase de acasă cu o asemenea geantă mică.

Oamenii și lucrurile din jurul ei se estompară din ce în ce mai mult pe măsură ce se lupta cu geanta, grăbindu-se în același timp spre stația de autobuz.

Doar o clipă mai târziu, tocmai când dădea colțul străzii, cu ochii mereu fixați pe geanta ei mică care nu coopera cu ea deloc, intră într-un bărbat înalt. Norocul fiindu-i așa cum era în acea dimineață, capacul de la paharul de cafea se desfăcu și tot lichidul acela fierbine se vărsă pe cămașa albă, imaculată, a uriașului.

Desigur, se gândi Becka, lucrurile nu puteau fi mai proaste. Nu numai că l-a opărit, dar nenorociata aia de cămașă trebuia să fie albă. De ce nu era neagră? Nimeni nu ar fi remarcat petele de cafea pe o cămașă neagră.

-Oh, Dumnezeule, îmi pare atât de rău. Foarte, foarte rău! se bâlbâi ea și încercă să-i curețe cafeaua de pe cămașă cu mâinile goale, uitând de paharul de hărtie care zăcea pe trotuar, aruncat precum veștile de ieri, complet gol.

TREZIREA BECKĂI

Uitase şi de micul dejul pe care şi-l dorise atât de mult, şi care acum atârna precar pe o parte a genţii, gata să cadă, de asemenea.

Mâinile ei scuturară cămaşa bărbatului pe cât de repede puteau. Încerca să-i limiteze arsurile, cel puţin.

Becka ştia că lichidul fierbinte a trecut deja prin pânza cămăşii lui şi nici nu dorea să se gândească la ce se întâmplase cu pielea care se afla dedesubt, care era probabil arsă rău de cafeaua proaspăt făcută şi fierbinte.

-Cred că mai bine îţi scoţi cămaşa, strigă ea, fără să îşi ia ochii de la ce făcea.

Remuşcarea era cea care îi determina acţiunile acum şi imagini cu camera de gardă de la spital îi jucară în minte. Atât de concentrată era pe greşeala ei aproape catastrofică, că Becka nici măcar nu remarcă restul trupului bărbatului căruia îi aparţinea pieptul pe care îl atingea, şi evident, nici sprânceana care îi sărise în sus atunci când ea i-a cerut să se dezbrace.

-Pot să te înteb ce încerci să faci de fapt? întrebă el într-un final, pe un ton blând, înşelător.

Până atunci, el pur şi simplu îi privise creştetul capului, complet şocat de acţiunile micuţei femei din faţa lui.

Auzindu-i vocea, ea îşi ridică în sfârşit privirea spre chipul lui şi clipi. Nu o dată sau de două ori, ci de trei ori.

Bărbatul pe care îl avea în faţa ei nu era tipul de bărbat cizelat şi politicos pe care îl întâlnise în viaţa ei înainte. Era departe, foarte departe, de acel gen de bărbat.

Chipul colţuros al acestui bărbat era marcat de o cicatrice lungă şi palidă pe obrazul său stâng. Aceasta începea de undeva din apropierea colţului ochiului şi continua până aproape de colţul gurii, iar aceasta îi dădea o alură periculoasă. Arăta cam la fel ca unul din mercenarii pe care îi văzuse într-unul din documentarele despre războiul civil din fosta Yugoslavie, ceea ce nu era prea liniștitor.

Sprânceana lui rămăsese ridicată disprețuitor și, timp de o clipă, ea se întrebă cum de reușea să facă așa ceva. Nu era ușor să faci o asemenea mișcare atât de mult timp, s-a gândit ea.

Tânăra femeie uită complet de nedumerirea sa când îi întâlni ochii, care păreau mai reci decât Oceanul Arctic, și un fior îi trecu prin corp.

Ea clipi din nou, înghiți cu greu și apoi încercă să-și regăsească vocea. Se forță să fie curajoasă, refuzând să-l lase să creadă că era o mâță speriată. Ea întotdeauna încerca să țină piept oricărui pericol fără să se retragă și nu credea că acela ar fi fost momentul potrivit să înceapă să se schimbe.

-Hmm.... Mă gândeam... știi tu... cămașa ta...

-Mda, am auzit amănuntul acela despre cămașa mea, nu te teme, dar chiar nu înțeleg ce diferență ar face dacă mi-aș scoate-o. Cu sau fără cămașă, pielea tot opărită îmi va fi, dimineața tot distrusă îmi este și eu tot voi fi scos din țâțâni, spuse el pe un ton plat, care nu dezvăluia nici cea mai mică urmă de furie, iar acel lucru o înspăimântă pe Becka și mai mult.

Era adevărat că vocea lui nu suna de parcă ar fi fost furios, dar opoziția flagrantă dintre cuvintele lui și tonul lui o făcea nervoasă. Becka nici măcar nu își putea da seama cum ar trebui să-i vorbească.

Înghiți din nou și apoi spuse cu curaj:

-Știu asta, dar cafeaua este în mare parte pe cămașă, deci dacă o scoți...

TREZIREA BECKĂI

-Acum? se minună el, când văzu că s-a oprit fără să-şi termine fraza.

-Bineînţeles că da, aprobă ea cu o înclinare a capului, accentuându-şi cuvintele pentru a le face să sune pline de siguranţă, chiar dacă, de fapt, ea nu era prea sigură de ce spunea.

Ea pretinse că ştia ce face, cu toate că faţa îi ardea de jenă. Era prima dată când îi cerea unui bărbat să-şi scoată hainele, chiar dacă era vorba numai de cămaşă. Mai mult decât atât, tonul şi atitudinea lui o făceau să se simtă teribil de nelalocul ei şi tare îi era teamă că totul i se vedea pe faţă.

Nu putea spune că avea o faţă bună pentru poker. De fiecare dată când juca cărţi cu Jay, acesta râdea de eforturile ei ineficiente de a blufa.

Bărbatul o privi câteva secunde, dar apoi, cu o mişcare îndrăzneaţă, îşi scoase cămaşa.

-Poftim, dă-ţi toată silinţa, spuse el şi-i înmână cămaşa care era deja înfiorător de pătată.

Cu toate acestea, Becka nu o luă. Nici măcar nu observă că el i-o întindea şi nici nu-şi regăsi vocea să-i răspundă. Ochii ei erau prea ocupaţi să parcurgă suprafaţa acelui piept bine sculptat, presărat cu păr creţ şi aspru, încă umed din cauza cafelei ei. Uitase complet ce dorea sau ce se presupunea că trebuia să facă.

-Pământul la lună? o luă el în râs cu vocea lui gravă şi îşi flutură mâna prin faţa ochilor ei.

Într-un final, gestul lui o ajută să revină la realitate şi ochii Beckăi săriră să-i întâlnească pe ai lui imediat.

-Scuze, m-am pierdut petru o clipă în gânduri, mormăi ea, destul de dezamăgită de admiraţia ei prostească pentru trupul bărbatului. Se crezuse imună la un astfel de comportament.

Într-un final, ea luă cămaşa din mâna lui care tot aştepta întinsă, şi se folosi de ea să-i usuce pieptul, cu mişcări mai viguroase decât ar fi fost necesar.

Cafeaua devenise deja o pată uscată şi lipicioasă pe pielea lui, dar ea nici nu se gândi la asta, după cum nici nu se gândi că, în fapt, îi cam lua un strat din pielea vulnerabilă şi arsă.

Nu-şi dădu seama de nici unul dintre acele lucruri pentru că, de fapt, Becka mustea cu jenă, supărată pe ea însăşi din cauza neatenţiei sale, dar şi din cauza tuturor reacţiilor sale ulterioare.

Nu numai că şi-a vărsat cafeaua pe un străin, dar a mai fost şi surprinsă holbându-se la pieptul bărbatului ca o femeie simplă la minte şi desfrânată.

-Da, am remarcat, replică el amuzat, privindu-i expresia în timp ce ea îi curăţa pieptul.

Felul de a gândi al femeii îl amuza. Putea să-i citească toate gândurile pe chip fără prea mare dificultate.

Era înviorător să vadă pe cineva atât de nealterat ca femeia pe care o avea în faţa ochilor. Se săturase de jocurile jucate în societate şi îşi dorea ceva nou.

După câteva clipe, se decise să o întrebe:

-Are acest efect asupra ta pieptul oricărui bărbat sau numai al meu?

În vocea lui răsună şi puţină răutate, iar tonul lui o făcu să se îndrepte şi să-l privească drept în ochi. Apoi replică îmbufnată:

-Încerc numai să te ajut, doar ştii! De ce te comporţi ca un ticălos?

Când ea se răsti la el, ochii lui devenira şi mai reci decât fuseseră înainte şi el îşi smulse cămaşa din mâna ei.

-Da, cu astfel de ajutor nu ar trebui să fiu surprins dacă mor mâine!

TREZIREA BECKĂI

Becka bătu din picior cu frustrare, își ridică vocea și îi răspunse cu încrederea ei de sine obișnuită :

-Ești numai ofticat pentru că ți-am pătat cămașa.

Vocea ei era pe cât de hotărâtă posibil, iar ea dădu și din cap, sperând că astfel va demonstra că știe despre ce vorbește.

-Dar a fost numai un accident, trebuie să înțelegi. Nu e ca și cum aș fi vrut să-mi vărs cafeaua pe tine! Aș fi preferat să o beau, să știi, îl sfidă ea și ridică din umeri.

Stătea dreaptă ca o lumânare în fața lui, atitudinea ei la fel de confidentă și dominantă ca și a lui. Cu toate acestea, strică totul când adăugă pe tonul încăpățânat al unui copil:

-Chiar mi-ar fi trebuit cafeaua aceea!

Fascinat de schimbarea bruscă în atitudinea ei, o privi mai atent. Abia acum îi remarcă ochii de culoarea ciocolatei și în special gura mică, arcuită, cu buze rozalii. Ceva în el aproape implora și îl împingea să o înșface o dată și să-i guste gura dulce și senzuală.

Pe măsură ce ea vorbea, interesul lui în buzele ei crescu și la un moment dat, o nevoie agonizantă îl împinse să se aplece și să ia ceea ce dorea. Buzele ei deveniră și mai tentante când femeia își trecu vârful limbii peste buza superioară. Bărbatul simți furnicături în abdomen și brusc, interesul i se schimbă complet.

-Mi-ești datoare, spuse el atât de abrupt încât atmosfera se încărcă cu tensiune imediat.

Becka își deschise gura șocată, gata să-i răspundă. Cu toate acestea, nu putu scoate nici un sunet câteva clipe. Izbucnirea lui o uluise.

Bărbatul nu își clarifică declarația și nici nu elaboră mai mult pe tema respectivă. Pur și simplu, așteptă ca ea să-i proceseze cuvintele și să îi dea o replică îndrăzneață. Din ce văzuse până atunci, era sigur că va primi una. Nu avu de așteptat prea mult timp.

-Despre ce vorbești? reuși ea să spună până la urmă, vocea ei având o notă de indignare voalată, iar ochii ei măriți îi priveau intens pe ai lui.

-Ce ai auzit, îi ignoră el supărarea inofensivă. Îmi ești datoare.

-Pentru cămașa asta? îl întrebă ea nedumerită, arătând spre cămașa pe care o ținea în mână.

-Printre alte lucruri, i-o întoarse el cu un zâmbet nemilos.

Zâmbetul lui lupesc îi stârni un fior pe șira spinării, iar mintea ei începu să se gândească la tot felul de scenarii neliniștitoare.

-Ce alte lucruri? întrebă Becka cu întârziere din cauza ezitării și nesiguranței.

Ochii ei păreau să se lărgească din ce în ce mai mult, iar vârful limbii îi atinse din nou buza superioară cu nervozitate, ceea ce avu darul de a-l chinui și a-l face și mai conștient de dorința crescândă pe care o resimțea pentru ea.

El nu înțelegea acea dorință irațională și improbabilă pentru femeia aceea neîndemânatică pe care abia o întâlnise, dar ceva dinlăuntrul lui o dorea nebunește. De fapt, trebuia să o aibă, iar asta era tot.

Arăta cam tânără, poate mult prea tânără, aceasta era adevărat, dar el știa că aparențele erau uneori înșelătoare. Cu toate acestea, nu uită să își facă o notă mentală să își amintească să o întrebe ce vârstă avea. Nu dorea să își facă de cap cu momeală de închisoare, chiar dacă atracția ce o resimțea față de ea era atât de puternică.

Avea o politică strictă în ceea ce privea mersul la închisoare, iar aceasta era, în fond, destul de simplă. Închisoarea nu era un loc pe care tânjea să-l mai vadă pe dinăuntru. O văzuse o dată deja și fusese mai mult decât suficient.

-M-ai opărit, mi-ai distrus cămașa și, evident, nu pot să merg la întâlnirea de afaceri pe care o aveam pe jumătate dezbrăcat. Și, te rog, ia notă, că era o întâlnire foarte importantă, iar eu sunt deja în întârziere din cauza ta, îi explică el cu răbdare de parcă i-ar fi vorbit unui copil mic.

Evident, era numai un șiretlic. De fapt, el încerca numai să vadă ce fel de reacție putea obține din partea ei.

La cuvintele lui, ea simți că sângele îi invada fața și își blestemă tenul alb care trăda prea mult și în cele mai nepotrivite momente.

Indiferent cât de mult încerca ea să pară sofisticată și cu sânge rece, întotdeauna dădea greș din cauză că pielea ei o trăda. Era blestemul vieții ei. Poate nu singurul cu care avea de-a face, dar se găsea printre primele trei de pe listă.

Becka se gândi să abordeze lucrurile diferit cu el, pentru a scăpa de buclucul care se zărea la orizont și, foarte politicoasă, îi spuse:

-Îmi pare foarte rău că te-am opărit și că ți-am distrus cămașa. Desigur, îmi pare foarte rău și de întâlnirea ta de afaceri, dar zău că nu văd cum aș putea...

Ea nu mai reuşi să-şi termine fraza pentru că un zâmbet obraznic se ivi pe buzele lui, iar acel zâmbet o făcu să-şi piardă firul gândirii din nou. De data aceasta, chiar îi era teamă de ce va spune el.

-Cred că-mi datorezi ceva şi îţi poţi plăti datoria acceptând o întâlnire cu mine, îşi prezentă el condiţiile, în sfârşit, dar pe un ton care implicau prea multe lucruri care ar fi fost de preferat să rămână nespuse.

-O întâlnire cu tine, repetă ea automat, ca şi cum nu ar fi fost capabilă să înţeleagă conceptul.

-Da, prinţesă, o întâlnire, repetă el pe un ton care îi demonstra că vorbea serios. Ştii tu, chestia aceea când mergem undeva, mâncăm ceva, vorbim, tipul ăsta de lucruri. De obicei, se numeşte *o întâlnire*. Deci, asta vreau. O întâlnire cu tine... Azi. Nu chiar în acest moment pentru că desigur nu pot merge nicăieri fără cămaşă, dar imediat după ce te duci în magazinul acela de acolo şi îmi cumperi o altă cămaşă. Nu te îngrijora, totuşi, pentru că nu îţi voi cere să plăteşti pentru ea. Îţi voi da eu banii, îşi flutură el mâna cu mărinimie, ca şi cum preţul cămăşii ar fi fost problema.

-Nu aceasta ar fi problema. Din cauza mea ai nevoie de o cămaşă nouă, aşa că o s-o cumpăr, replică Becka, ofensată de atitudinea lui condescendentă.

-Nu este necesar, îi respinse el cuvintele.

Apoi îşi scoase portofelul din buzunarul de la spate al pantalonilor şi luă câteva bancnote din el.

-Uite aici, ar trebui să fie suficient, spuse el dându-i banii. Acum, du-te, cumpără-mi o cămaşă albă – ţine minte, o cămaşă albă, nu albastră sau verde, sau în dungi sau mai ştiu eu ce-ţi trece ţie prin minte. Doar albă. Apoi, putem ieşi împreună.

-Nu, nu pot, spuse ea cu încăpățânare, scuturându-și capul.

-De ce nu? întrebă el cu chipul atât de rigid și serios de parcă ar fi fost sculptat în piatră.

Se părea că bărbatul nu avea nici cea mai mică intenție să îi accepte refuzul cu prea multă grație.

-După cum am spus, îmi ești datoare. Aș putea spune că m-ai atacat, doar știi.

-Ha, bună încercare, îl înfruntă ea. Atac cu cafea! Arma letală! Nu mă fă să râd. Nimeni nu ar crede o asemenea prostie și știi aceasta foarte bine. Oricine își va da seama că a fost un simplu accident și nimic mai mult.

-Deci ar trebui atunci să înțeleg că ești mult prea bună pentru unul ca mine? se încruntă el.

Becka pufni din nou și, cu o fluturare a mâinii, îi respinse vorbele ca neimportante.

-Fii serios! Nici măcar nu m-am gândit la așa ceva. Dar din moment ce nu știu nimic despre tine sau viața ta, mi-ar fi imposibil să fac astfel de presupuneri, nu crezi?

-Este vorba de cicatricea mea? întrebă el deja supărat. Nu ești în largul tău cu un bărbat care are cicatrici?

Ea îi râse în nas, dar refuză să-i răspundă la o întrebare pe care o considera idioată și nedemnă de atenția ei.

-Nu ai încă vârsta legală, asta e? încercă el din nou, hotărât să o facă să recunoască care era motivul.

Nu înțelegea de ce, dar, pur și simplu, nu putea să renunțe și să lase subiectul la o parte.

-Nu, sunt majoră. Nu reprezint momeală pentru închisoare, dacă la asta te gândești. Am împlinit nouăsprezece ani acum trei luni, îi replică ea, de data aceasta zâmbindu-i cu căldură, ceea ce îl nedumeri și mai mult decât refuzurile ei anterioare care erau mai vagi.

-Atunci? Ai un prieten și nu vrei să-l înșeli, încercă el din nou.

Deja ajunsese la punctul unde dorea numai să afle motivul, să încheie conversația cu ea și să plece, dacă ea tot continua să-l respingă. Nu își putea explica de ce, dar se părea că era prioritar pentru el să afle de ce nu dorea ea să iasă cu el.

-Nu, nu am un prieten. Dar cu toate acestea, am un curs chiar acum și alte câteva mai târziu. Problema este că nu vreau să pierd nici unul dintre ele și deja sunt în mare întârziere... Dar, dacă propunerea ta mai este valabilă și după aceea, atunci ne putem întâlni după-masă, spuse ea și observă că bărbatul era uluit că a acceptat să iasă cu el. Și nu pentru că îți sunt datoare sau altceva la fel de idiotic, ci pentru că aș vrea să te văd din nou. Nu îți sunt datoare cu nimic. Asta ca să fie clar, preciză ea.

Ochii lui îi cercetară fața cu mare atenție. Dorea să se asigure că nu încerca să-l păcălească, dar după ce se gândi mai bine, îndepărtă ideea. Era aproape sigur că nu va veni la întâlnire, dar nu avea nimic de pierdut și, la o adică, nici nu putea să o forțeze să iasă cu el. Oricine ar fi râs de el dacă ar fi pretins că a fost atacat de o fată cu un pahar de polistirol plin de cafea.

-Bine, acceptă el. Când?

-Dacă vrei să ne vedem astăzi, atunci va trebui să fie după ora patru, îi răspunse Becka cu veselie, aparent încântată de neașteptata întâlnire cu el.

TREZIREA BECKĂI

-Cină, la ora şase? o întrebă el.

-De ce nu? Trebuie să iau cina oricum.

-Exact în acest loc, unde sântem acum? întrebă el din nou.

Ea aprobă cu o înclinare a capului, oarecum amuzată de maniera lui de a pune întrebări, iar apoi se întoarse să plece.

-Hei, ai uitat de cămaşa mea, strigă el după ea.

-O cumpăr acum, îşi întoarse ea capul spre el.

-Atunci ia banii, insistă el, întinzând mâna cu bancnoele spre ea. Nu vreau ca tu să plăteşti pentru cămaşa mea.

Era destul de încăpăţânată să nu vrea să-i respecte dorinţa. Chiar dorea ca lucrurile să se desfăşoare după cum voia ea şi să-l lase cu mâna întinsă, dar îi observă expresia îndărătnică şi îşi dădu seama că bărbatul nu va renunţa aşa uşor. Părea să fie mult mai încăpăţânat decât ea. Ea cedă şi-i luă banii.

CAPITOLUL 2

BĂRBATUL SE TOT PLIMBA cu nerăbdare în sus și în jos pe la colțul străzii. La început, când ajunsese acolo, cam cu cinci minute mai devreme, venise hotărât să aștepte răbdător, chiar dacă era aproape sigur că ea nu va apărea la întâlnire. Era convins că femeia folosise cursurile drept scuză ca să nu iasă cu el deloc.

Tânăra femeie părea delicată și inocentă, iar din această cauză se gândea el că ea va evita orice fel de legătură cu el pe viitor. Văzuse acel gen de femeie înainte, acele flori crescute sub aripa protectivă a familiei, care trăiau într-o lume politicoasă, unde totul era acoperit cu cât mai multe straturi de vopsea pentru a estompa realitatea.

Ei bine, el știa din experiență proprie că acele flori inocente fugeau ca niște iepuri speriați imediat după ce îi aruncau o privire și îi vedeau cicatricea de pe față. Nici una nu stătea suficient de mult pentru a-i mai oferi o șansă.

El nu-și mai făcea nici un fel de iluzii despre romantism sau ceva similar. Acela era unul dintre lucrurile pe care le lăsase în urmă cândva în trecut.

Era conștient că nu era genul de bărbat la care ar visa o fată ca ea. Nu se potrivea cu șablonul bărbatului pe care l-ar duce acasă să-l prezinte mamei și tatălui ei.

Slavă cerului că el nu avea astfel de aspirații! Era mult prea realist pentru a nutri astfel de gânduri, și, chiar dacă nu dorea să recunoască acel fapt, îi era, de asemenea, mult prea teamă să dezvăluie cuiva ce fel de om era în realitate și ce avea în suflet. Nu ar fi fost o mișcare inteligentă pentru că, mai mult ca sigur, cineva l-ar fi călcat în picioare.

Aruncă o privire la ceas în timp ce continuă să patruleze încolo și încoace și remarcă cu surprindere că, de fapt, el a ajuns prea devreme pentru întâlnirea lor. Mai erau cam trei minute rămase până la ora șase, iar el știa că va aștepta nu numai până la șase, dar probabil și zece sau cincisprezece minute peste ora stabilită, chiar dacă nu se aștepta ca ea să își păstreze promisiunea.

Undeva, în subconștient, exista ideea că stabilise acea întâlnire cu ea numai pentru a se auto-pedepsi. Era foarte versat în a-și reaminti, din nou și din nou, că nu era cazul să viseze la cineva atât de inocent și pur ca fata aceea de azi dimineață.

I se atrăsese atenția de multe ori în trecut că nu ar fi fost cazul să nutrească asemenea dorințe, dar tot mai încerca un fel de plăcere masochistă să provoace soarta, ca și cum i-ar fi fost menit să-i vină și lui rândul la zar într-o zi și să câștige măcar o dată. I-ar fi plăcut să câștige împotriva sorții.

Pășea pe trotuar cu nervozitate când brusc o văzu grăbindu-se spre el. Își făcea loc prin mulțimea în mișcare, grăbită, așa cum fusese și de dimineață.

Se gândi că fata avea probabil obiceiul să fie mereu în întârziere. Nu era unul dintre cele mai rele obiceiuri din lume, oricum. Văzuse el obiceiuri mai proaste decât atât, iar cu acesta putea trăi.

TREZIREA BECKĂI

De data aceasta, când o privi cu mai multă atenţie, primul lucru pe care îl observă a fost părul ei de culoarea mierii, des şi plin de bucle, care îi flutura pe umeri. De dimineaţă, îl prinsese într-o coadă groasă. Îi plăcuse părul ei şi atunci. Masa aceea de păr era prea bogată şi vibrantă ca să nu-i placă. Dar, acum, cu coama aceea sălbatică lăsată liberă, tânăra femeie era mult mai atrăgătorea decât îşi amintea el.

Un zâmbet leneş i se ridică pe buze, fără ca el să fie conştient că zâmbea, chiar dacă aşa ceva nu i se întâmpla prea des. Cu cât o privi şi o admiră mai mult, cu atât îşi dădu seama că s-ar fi putut îndrăgosti de fata aceea şi chiar rău de tot. Gândul acela îl îngrijoră şi el se încruntă pentru o clipă, orice urmă din zâmbetul său de mai devreme ştergându-se de pe chipul lui.

Tânăra femeie se opri brusc la câţiva paşi de el şi îi zâmbi timid. Zâmbetul ei îi lumină ochii şi îi coloră ciocolata irisului într-o nuanţă mai caldă decât cea pe care o admirase atât de mult câteva ore mai devreme. În acel moment, era sigur că ar fi fost capabil să-i dea orice dorea ea numai să se bucure de ochii ei dulci puţin mai mult.

-Bună, spuse ea.

Rămăsese aproape fără răsuflare până când a ajuns la el. Buzele i se arcuiră mai mult, deşi se vedea că ezită.

-Îmi pare foarte rău că am întârziat, dar am avut o mică problemă acasă şi a trebuit să mă ocup de ea. De aceea nu am putut pleca la timp. Mi s-a inundat bucătăria, din nou.

-Nu ai întârziat, totul este în regulă. Se pare însă că nu ai o zi tocmai bună astăzi, replică el zâmbind, amuzat de felul în care ea vorbea.

Vocea ei avea o tonalitatea mai coborâtă decât cea a unor femei cu care ieșise în trecut și el aprecia faptul că nu-i zornăiau clopoței în urechi de fiecare dată când ea deschidea gura. Detesta timbrul ridicat al unei voci dulcege și necinstite.

-Cred că ar trebui să ne prezentăm pentru început. Apropo, eu sunt Bryan, spuse el, iar zâmbetul său necaracteristic dură surprinzător de mult de data aceasta.

-Becka, îi întinse ea mâna cu entuziasm, iar zâmbetul lui se lărgi și mai mult.

Nu părea să șovăie deloc să iasă cu el, iar speranțele lui crescură. Zâmbetul lui constant era o mărturie că speranțele lui se schimbaseră, precum și opinia pe care o avea despre ea.

-Bună, Becka. Îmi face plăcere să te cunosc, spuse el, luându-i mâna îngustă în a lui și strângându-i-o ușor. Deci, în afară de faptul că aproape ai reușit să trimiți un străin la spital în dimineața aceasta și că ai avut o inundație după-masă, cum ți-ai petrecut ziua? continuă el, conducând-o spre zona cu magazine, fără a-i da drumul la mână.

-Ei bine, am întârziat la primul curs de dimineață, ceea ce m-a enervat. Enorm, spuse ea dându-și ochii peste cap frustrată, iar în același timp își potrivi pașii la ai lui. Chiar îmi place cursul acela, știi. Mai mult, acum va trebui să determin ce am pierdut și să caut informația, ceea ce înseamnă o grămadă de muncă și cel puțin o întreagă după-masă pierdută, se plânse ea.

-Deci acum mă displaci din cauza asta, replică el pe o voce joasă și plată.

-De ce ai crede asta? se întoarse Becka spre el surprinsă de reacția sa stranie. Mă aflam în întârziere încă dinainte de a da peste tine. Nu a fost vina ta deloc. Problema e că nu am dormit prea mult noaptea trecută. Prea multe gânduri, știi cum este, iar de dimineață mi-am început ziua mai încet decât în mod normal, atâta tot.

El dădu din cap scurt. Înțelegea că nu-l învinuia pe el, dar cel mai mult îl încânta faptul că ea îl lăsa să o țină de mână în continuare.

-Ce fel de gânduri pot să țină o fată atât de tânără ca tine trează?

Ea se încruntă la el din cauza tonului său condescendent și, întorcându-și nasul, îi răspunse iritată:

-Tipul de gânduri pe care nu ți le pot împărtăși.

-Hmm, mormăi Bryan, dar renunță la subiect când văzu că era hotărâtă să nu mai spună nimic.

Nu voia să își facă loc în viața ei prea brusc și să o sperie prea curând.

-Apropo, știu un restaurant italienesc pe țărmul lacului, îi spuse Bryan Beckăi, strângându-i degetele. Au o terasă plăcută cu vedere la lac, iar panorama este superbă... Și trebuie să menționez că servesc mâncare italienească originală. Înțeleg că oferă o experiență de neuitat.

-Mi-ar place, își ridică ea privirea spre el, iar un zâmbet larg îi apăru pe buze. Dar ești sigur că putem prinde o masă la ora asta? Dacă priveliștea și mâncarea sunt atât de grozave, nu este deja plin de lume? se îngrijoră Becka.

-Nu-ți fă griji, scumpa mea, își flutură el mâna pentru a-i îndepărta temerile. Deja am făcut o rezervare pentru noi.

-Deci erai foarte sigur pe tine... sau mai curând pe mine... Erai sigur că o să vin, murmură ea pentru sine, dar Bryan oricum o auzi.

-Nu, chiar deloc, o contrazise el. De fapt, nici măcar nu m-am gândit că vei apărea, dar oricum aş fi ieşit la cină, aşa că...

-Par să fiu atât de nedemnă de încredere? întrebă Becka supărată, trăgându-şi mâna din a lui şi făcându-l să râdă.

Lui Bryan îi plăceau acele mici contradicţii ilogice din firea ei şi o găsea amuzantă.

-Nu, Becka, nu pari, dar eşti prea dulce şi tânără pentru un bărbat ca mine, îi răspunse Bryan fără să se scuze, chiar dacă era amuzat.

Prefera să fie direct ori de câte ori putea.

-Nu sunt atât de tânără, se încruntă ea la el. Ţi-am spus deja că am nouăsprezece ani, nu-i aşa?

-Da, mi-ai spus, ştiu. Dar eu am aproape treizeci şi doi. Asta înseamnă o diferenţă de aproape o viaţă. Dar mai important, am văzut mai mult din viaţă decât ai văzut tu, şi nu tot ce am văzut a fost bun.

Îi luă mâna înapoi în a lui şi îşi împleti degetele cu ale ei. Gestul lui o făcu să se înfioare pentru o clipă.

Amândoi simţiră ceva ca un şoc electric trecând prin degetele lor, dar nici unul nu îndrăzni să facă vreo referire la acea senzaţie. Se priviră unul pe celălalt pentru o clipă, înainte ca Becka să îşi mute privirea, încercând să ascundă ce simţea.

După câteva momente, îşi întoarse privirea la el:

-Nu aş fi crezut că eşti atât de în vârstă.

Observă că una dintre sprâncenele lui s-a ridicat cu îndoială şi se grăbi să se corecteze.

-Nu că ai fi în vârstă. Că nu eşti. Dar...

El începu să râdă în hohote, iar ea îşi opri explicaţiile, întorcând nasul copilăreşte din nou.

TREZIREA BECKĂI

-Eşti atât de amuzantă şi ai trăgaciul atât de scurt. Este efectiv uimitor cât de repede poţi să te superi. Este înviorător să vezi pe cineva care este atât de natural şi care nu îşi maschează fiecare emoţie, spuse el şi-i strânse degetele cu blândeţe.

-Ar trebui să ştii că nu este o bună idee să mă superi, începu ea în forţă, dar nu mai continuă.

-Sau ce, scumpete? întrebă el cu oţel în voce.

Ea se opri brusc, privi în urma lor, iar apoi din nou la el cu ochi nervoşi, şi şopti:

-Nu pot să-ţi spun.

-Acum chiar că m-ai făcut curios. Foarte, foarte, curios. Eşti cumva cu mafia sau ceva similar? o întrebă el, glumind numai pe jumătate.

Nimic nu-l mai şoca cu adevărat şi învăţase să ia totul aşa cum venea, dar îi plăcea să ştie ce avea de înfruntat şi cu cât mai repede, cu atât mai bine. Probabil că nu-i valora pielea prea mult, dar era a lui şi oarecum ţinea la ea.

-Ce? strigă ea şi se opri pe loc o secundă.

Auzindu-i ideea scandaloasă, ochii i se lărgiseră din cauza uluirii şi acum păreau două discuri mici.

Becka nu-şi putu crede urechilor. Nu şi-ar fi imaginat că cineva i-ar pune vreodată o astfel de întrebare şi se temea că Bryan făcea haz de ea.

-Ei bine, tocmai m-ai ameninţat..., începu el să spună, numai ca să fie întrerupt.

-Nu te-am ameninţat, cap sec! Numai te-am avertizat, replică ea cu mânie reală în voce de data aceasta, dar el nu arătă că i-ar păsa.

-E acelaş lucru, ridică el din umeri nonşalant.

-Nu, nu este, insistă ea. Nu este acelaş lucru. Iar eu nu am spus nimic despre mafie. De unde ţi-a venit o astfel de idee? îl întrebă ea pe un ton muşcător.

El îi aruncă o privire şi observă că faţa îi devenise violet de supărare.

-Dar m-ai avertizat să nu te supăr, încercă el să abordeze problema logic şi să o calmeze şi pe ea, în acelaş timp, pentru că simţea că-i creştea femeii furia.

-Da, dar asta nu înseamnă...

-Recunosc o ameninţare când aud una, Becka, o întrerupse el cu forţă de data aceasta şi orice fel de amuzament dispăruse din vocea lui. Deci ce ai de gând să îmi faci? Mă vei ucide în timp ce dorm?

-Îţi baţi joc de mine? se încruntă ea auzindu-i întrebarea şi tonul vocii.

-Nu, sunt foarte serios. S-ar putea ca pielea mea să nu aibă nici un fel de valoare, dar tot ataşată mi-e de spate, să ştii, îi replică Bryan pe un ton pragmatic, dând voce gândurilor sale de puţin mai devreme.

-Stai aşa! Ce vrea să însemne că pielea ta nu are valoare? întrebă ea confuză, uitând complet de subiectul discuţiei pe moment.

-Doar ceva ce mi s-a spus, replică Bryan moale, evitând să intre în detalii.

-Ştii că nu ar trebui să le acorzi crezare oamenilor care-ţi spun astfel de lucruri, îl sfătui ea cu înţelepciune. S-ar putea ca eu să nu te cunosc bine, dar nu mi se pare că ai fi lipsit de valoare. Cel puţin în chestia asta nu greşesc. Ştiu să judec caracterul omului. Îmi dau seama că eşti mai complicat decât pari şi m-aş hazarda să spun că ai un trecut mai colorat, dar nu ești deloc lipsit de valoare, spuse ea gânditoare, pe un ton mai prietenos decât cel pe care-l folosise în timpul argumentului lor cu câteva clipe în urmă.

-Au, chiar îți place să vorbești, exclamă el auzindu-i discursul lung.

De fapt, cuvintele ei îl atinseseră profund și nu voia ca ea să-și dea seama că era emoționat.

-Vrei să îmi țin gura? replică ea supărată. Pot să îmi țin gura închisă. Dacă te deranjează atât de mult, pot să nu mai spun absolut nimic. Nu e o problemă pentru mine!

-Nu, nu este cazul, o trase el mai aproape de el și-i strânse degetele cu tandrețe. De fapt îmi place sunetul vocii tale. Nu este una dintre vocile acelea care sună ca un clopoțel și mă zgârie pe urechi. Are un timbru coborât, aproape răgușit, sexi, aș putea spune. Deși sunt convins că gura asta a ta ar fi bună și pentru alte lucruri, nu numai pentru vorbit, adăugă el cu nonșalanță căutată, privind-o atent să îi vadă reacția la sugestia lui directă.

Șocată, Becka îl privi câteva clipe, ochii ei mărindu-se din nou, apoi începu să meargă mai repede, de parcă ar fi vrut să lase în urmă ceea ce el spusese. Dar uitase de degetele lor împletite, care o opriră și nu o lăsară să scape așa ușor. El râse și își potrivi pașii cu ai ei.

-Haide, nu reacționa ca o virgină. Nimeni nu este atât de inocent în ziua de azi, încercă el să-i netezească penele ciufulite.

-Nu este vorba aici despre inocență, măgarule! Este prima noastră întâlnire! se răsti Becka la el și își dădu ochii peste cap.

-Și ce? Tu urmezi regulile? Un sărut la prima întâlnire, unul mai lung și a doua bază la a doua și sex la a treia?

-Nu urmez nici un fel de reguli. Nu ştiu de nici un fel de reguli! Dar dacă există astfel de reguli, atunci poţi pur şi simplu uita despre un sărut azi sau mâine sau poimâine, îi replică Becka furioasă.

-De ce? Vrei cumva să mă pedepseşti? întrebă el, iar râsul lui liniştit trădă faptul că o tachina.

Ea pufni la sugestia lui.

-Ca şi cum mi-ar păsa. Este vorba de ce simt şi de ce vreau eu.

-Şi tu nu simţi nimic când vine vorba de mine? Asta vrei să spui? o întrebă el, fiind mai curios despre opinia ei despre el până atunci decât dezamăgit de acel gând.

Nu era ca şi cum el sperase să clădească o relaţie cu ea numai ca să afle că nu se ridica la nivelul standardului ei.

-Nu am spus asta, aşa că, te rog, nu-mi mai pune cuvinte în gură.

-Atunci ce ai spus? insistă el.

-Că ar putea fi o posibilitate. De fapt, nu apreciez ceea ce ai spus... A fost cras, şi o ştii... cred că ai spus-o cu o anume intenţie, numai că nu ştiu de ce...

El aştepta să vadă ce altceva mai avea ea de spus. O găsea mai fascinantă decât a crezut că ar fi, în special pentru că era atât de tânără.

-Ştii ce, hai să mergem să luăm cina, să schimbăm subiectul de discuţie, şi, cine ştie, poate vei obţine acel sărut, spuse ea veselă încercând să îl împace şi pe el şi pe sine şi, în acelaş timp, să salveze seara.

-Nu sunt un copil mic să mă mituieşti cu bomboane, Becka, îi replică el pe un ton egal, încruntându-se la ea.

TREZIREA BECKĂI

-Ahh! mârâi ea. Ești imposibil. Alegi să interpretezi greșit absolut tot ce spun.

-De ce? Pentru că nu te las să mă tratezi în felul în care îi tratezi pe puștii cu care ieși în mod normal? i-o întoarse Bryan.

Becka se opri și se întoarse spre el, uimită din nou.

-Știi ceva, Bryan? Cred că ai un complex, și încă unul mare de tot. Ai un mare cip pe umăr, nu-i așa? Nu înțeleg ceva, totuși. Dacă ești atât de obsedat de diferența de vârstă dintre noi doi, de ce m-ai invitat să ies cu tine? Ar fi trebuit să te protejezi și să nu te pui în situația de a suporta un *'copil'*! își încheie ea tirada aproape strigând.

O briză ușoară trecu prin frunzele copacilor.

Bryan nu spuse nimic câteva clipe, dar se gândi, *Oh, la naiba. Cam are dreptate!* Cu toate acestea, se hotărî să nu-i permită să vadă că a atins un nerv sau că a ghicit ce gândea el. Încercă să o intimideze cu privirea, dar acțiunea lui nu avu efectul dorit. Ea nu dădu înapoi defel.

-Nu am un complex, replică el cu încăpățânare până la urmă. Dar nici nu îmi place să fiu mângâiat pe cap de parcă aș avea cinci ani. Nu-mi place să mi se spună că dacă sunt cuminte primesc o prăjitură.

-Oh, da, pe bune? Și chiar ai impresia că te voi crede?

Bărbatul lăsă comentariul ei suspendat între ei doi câteva clipe, nesigur de ce ar fi trebuit să creadă despre atitudinea ei. Părea să îl provoace și nu i se părea defel plauzibil.

-Ești o diavoliță, Becka. Sunt de două ori mai mare decât tine...

-Și ce are mărimea cu discuția noastră? Evident, dacă nu intenționezi să te lupți cu mine? întrebă ea de parcă ar fi vrut să știe cum se va încheia conversația, pe jumătate provocându-l și pe jumătate avertizându-l.

Bryan râse din inimă, îi duse mâna la buze și îi sărută degetele.

-Bineînțeles că nu. Nu fii prostuță. Numai că mă surprinzi. De obicei, femeile sunt puțin mai grijulii când interacționează cu mine, îi replică el amuzat.

-Cum așa? întrebă Becka.

-Ei bine, dacă vrei să știi, femeile mă evită. Cele mai multe. Dar nici o femeie nu m-a amenințat și nu m-a provocat până acum așa cum faci tu, spuse el și o privi ca și cum ar fi fost un exponat de muzeu ciudat.

-Oh, pentru numele lui Dumnezeu, se răsti Becka, azvârlindu-și mâinile cu un aer dramatic. Nu te-am amenințat. Chiar nu poți pricepe chestia asta? Ești într-atât de căpățânos?

El încercă să spună ceva, dar ea își întinse mâna și-i acoperi gura cu palma, scuturându-și capul în același timp, pentru a-l opri din a mai adăuga ceva. El se supuse cererii ei mute și doar o privi.

-Putem să lăsăm discuția aceasta, Bryan? Crede-mă, nu a fost o amenințare, pe bune. Într-o bună zi o să-ți spun despre ce este vorba, dar în nici un caz astăzi. Da?

-Bine, nu a fost o amenințare, spuse el după ce ea își luă mâna de pe gura lui.

TREZIREA BECKĂI

O TÂNĂRĂ ANGAJATĂ A restaurantului îi conduse la o masă în apropierea lacului, unde Bryan îi trase scaunul Beckăi politicos și o ajută să ia loc. După ce s-a așezat, privirea Beckăi se îndreptă spre lac cu melancolie.

O duzină de bărci se găseau pe lac în acea zi, iar suprafața strălucitoare a apei era presărată cu pânze albe, canoe și tot felul de alte ambarcațiuni.

Beckăi îi plăcea la nebunie să navigheze, iar în ultima vreme, foarte rar avusese ocazia să iasă pe lac. Matt era singurul din familie care avea propria lui ambarcațiune, iar din păcate, el nu avusese destul timp liber să o scoată pe lac în acea vară pentru că fusese ocupat cu munca tot timpul.

Bryan luă și el loc și o privi. Îi observă melancolia imediat, fără dificultate, și înțelese ce își dorea.

Bărbatul îi luă mâna îngustă în palma sa mult mai lată și, mângâindu-i dosul palmei cu tandrețe, pentru a o distrage și a o face să uite de melancolia ei, îi spuse blând:

-Dacă vrei, putem ieși pe lac mâine dimineață sau după-masă. Înțeleg că vremea nu se va strica așa că vom avea încă o zi frumoasă. Nu va fi nici măcar un nor pe cer. Am acces la un mic iaht care cred că ți-ar place.

-Pe bune? întregul chip al Beckăi se lumină din cauza entuziasmului.

Dacă oferta lui era reală, vara nu ar fi fost complet pierdută.

Bryan se simți fascinat din nou. Da, îi plăcuseră buzele ei arcuite destul de mult pentru a o invita să iasă cu el, dar acum observă mult mai mult decât atât.

Becka era cu adevărat o femeie frumoasă. Nu părea că ar fi găsit necesar să folosească nici un fel de artificii, iar aceasta îl uimea.

Marea parte a femeilor se machiau excesiv pentru a fi atrăgătoare, în special când erau foarte tinere și doreau să pară mai sofisticate.

Machiajul Beckăi era subtil, ba chiar inexistent. Avea impresia că și-a dat cu ceva pe gene, dar nu putea fi sigur. Era însă sigur că nu își rujase buzele și nu se parfumase. Cu toate acestea, mirosea a flori sălbatice. Aplecându-se mai aproape de ea, își dădu seama că părul ei era cel ce miroase a flori.

-Hmmm...

-Ce e? îl întrebă ea tresărind.

-Nimic, nimic, își flutură el mâna pentru a-i alunga orice motiv de îngrijorare. Mă întrebam numai ce șampon folosești pentru că nu am mai simțit acest miros înainte, îi explică Bryan.

-Pe bune? Șamponul meu? Vorbeam despre a ieși pe lac, îl mustră ea pentru divagarea lui prostească de la conversație, iar el observă că era dezamăgită.

-Da, vorbeam, o asigură el, iar oferta mea rămâne în picioare chiar dacă nu vrei să mergi mâine. Întrebarea mea despre șamponul tău era pură curiozitate. Parfumul acesta este fantastic, specifică el.

-Bine atunci, hai să-ți satisfac curiozitatea. Este un șampon creat special pentru mine de către una din verișoarele mele, de aceea este atât de unic. A ales unele plante care merg bine cu pielea și părul meu. Dar aceasta nu este important acum, Bryan. Da, vreau să merg cu tine pe lac mâine. O să lipsesc de la cursuri, nici o problemă.

-Chiar așa? se miră el.

TREZIREA BECKĂI

Nu era pregătit să accepte că ar fi fost atât de ușor să o convingă să iasă cu el din nou. Nu îi era întotdeauna atât de ușor cu femeile. De obicei trebuia să se străduiască puțin mai mult.

-Da, chiar așa, replică ea și îi zâmbi. Sunt pur și simplu înnebunită după bărci, vezi tu, și nu am prea avut ocazia să ies pe lac anul acesta. De fapt, din cauza aceasta m-am și înscris la cursuri în vara aceasta, pentru că altfel aș fi murit de plictiseală. Cel puțin așa, trebuind să merg la școală, îmi mai ia gândul de la ce îmi lipsește, îi explică tânăra femeie.

-Cu cine ieși pe lac de obicei? o întrebă Bryan simțind usturimea geloziei arzându-i în gâtlej.

Știuse el că era imposibil să nu aibă competiție, dar preferase să alunge acel gând neplăcut.

-Matt, dar se pare că este mai ocupat în vara aceasta decât în mod obișnuit și ori de câte ori am încercat să-l conving să mergem pe lac, niciodată nu a avut timp, spuse ea cu regret.

-Cine este Matt? o întrebă Bryan, acum invidios cu adevărat pe bărbatul necunoscut. Ai spus că nu ai nici un fel de prieten, draga mea, sublinie el.

-Oh, nu, Matt nu e prietenul meu. Este numai unul dintre verii mei, îi răspunse ea în grabă, dar nu mai adăugă nimic când ospătărița îi întrerupse ca să le ia comanda.

Bryan așteptă răbdător până ce chelnerița plecă cu comenzile lor și întrebă, pretinzând că ar fi distrat:

-Ai mulți veri?

-Ai putea spune asta, îi replică Becka întorcându-se spre el pentru că, din nou, era prea ocupată să privească lacul. Am cinci veri și doi frați. Tu?

Bryan ridică din umeri și-i răspunse:

-S-ar putea să am vreun văr în vestul ţării, dar nu l-am văzut de cel puţin zece ani. Nu am fraţi.

-Oh, asta-i păcat. Nu te simţi singuratic? îl întrebă Becka, părându-i rău pentru el.

Nu-şi putea imagina cum ar fi să nu ai pe nimeni cu care să faci planuri sau să te cerţi. Ea întotdeauna avusese siguranţa că exista cineva la care putea apela dacă ar fi avut nevoie de companie sau ajutor.

-Nu, nu prea, mormăi el şi se lăsă pe spate pentru a-i permite chelneriţei care se întorsese cu băuturile lor să le pună pe masă.

Berea era rece şi se simţea bine după căldura pe care o avuseseră în după-masa aceea. După câteva momente de tăcere, timp în care ea privi bărcile de pe lac, iar el o privi pe ea, el spuse:

-Putem pleca de dimineaţă dacă vrei şi ne întoarcem seara. Luăm un picnic cu noi...

-Oh, mi-ar place asta, îi acceptă ea ideea imediat, iar apoi continuă să vorbească repede cu un entuziasm pe care nu şi-l putea ţine în frâu. Hai s-o facem. Cât de devreme vrei să pleci? Sper că nu vrei să plecăm la crăpatul zorilor. Nu pot funcţiona atât de devreme dimineaţa, spuse ea pe un ton jucăuş.

Cu toate acestea, era serioasă. Evita să se trezească prea devreme ori de câte ori avea ocazia.

-Nu-ţi fă griji, nu plecăm aşa de devreme, replică el, iar zâmbetul i se simţi în voce. Putem aştepta până la opt şi jumătate sau nouă... Ce părere ai dacă vin să te iau la opt şi jumătate?... Sau te temi să-mi spui unde locuieşti? întrebă Bryan când observă că Becka reflecta la cuvintele lui.

TREZIREA BECKĂI

-Ah, nu, nu, în nici un caz, îi îndepărtă Becka neliniștea cu un gest. Nu mă deranjează dacă știi unde locuiesc. Nu simt de la tine vibrația aceea a unui ucigaș în serie, spuse ea, iar sprâncenele lui imediat i se urcară pe frunte la ideea ei ciudată. Încercam numai să determin dacă opt și jumătate e prea devreme sau nu, dar cred că voi putea supraviețui trezindu-mă la șapte.

Pentru o clipă, Bryan numai se holbă la ea. Nici măcar nu era capabil să se gândească la o replică și era încă uluit din cauza a ceea ce spusese ea despre vibrația unui ucigaș în serie.

Bărbatul nu auzise niciodată și nici măcar nu-și imaginase că ar exista ceva de genul unei vibrații specifice unui ucigaș în serie. După câteva clipe de șoc, își scutură capul încercând să-și limpezească mintea, iar abia apoi înregistră ce altceva mai spusese ea.

-Chiar îți place să dormi, râse el.

-Nici măcar nu știi totul, replică Becka cu veselie. Sunt cam ca o bufniță, vezi tu. Îmi place să merg la culcare noaptea târziu, așa că nu este de mirare că nu mă pot trezi de dimineață, ridică ea din umeri.

-Cum te descurci cu școala? întrebă Bryan luând o gură din băutura sa.

-Oh, asta-i cu totul altă poveste, dădu ea din mână și bău și ea din berea ei. De fapt, nu este un mister prea mare, se decise ea brusc să-i răspundă. Pur și simplu îmi aleg cursurile ținând seama de două lucruri. Nu iau cursuri care au loc prea devreme dimineața și, evident, trebuie să fie interesante... Știi, spuse ea cu un aer conspirativ, nici măcar nu pot să-mi declar o specialitate principală pentru că nu știu pe ce să-mi concentrez atenția. Îmi plac prea multe lucruri, vezi tu, și...

-Deci nu eşti încă decisă de ce vrei să faci în viitor, trase el concluzia, mângâindu-i mâna cu degete lungi, observându-i unghiile scurte şi îngrijite.

Bryan nu consideră că indecizia ei reprezenta o problemă la vârsta ei. Încă mai avea timp să decidă ce cale să aleagă în viaţă.

-De fapt, ştiu ce vreau să fac pe viitor, îl corectă ea. Nu că mi-ar face vreun bine, mormăi Becka mânioasă.

Mângâierile lui îi agitau nervii sensibili şi îi confuzionau gândurile, iar simţurile îi erau înceţoşate şi atrase să se concentreze numai pe atingerea lui blândă şi plăcută. Nu era ca şi cum nu mai întâlnise un bărbat care să vrea să se joace de-a doctorul cu ea, dar acesta era diferit.

Bryan era întru totul diferit de bărbaţii care o invitaseră la întâlnire înainte. Fusese complet indiferentă la acei bărbaţi şi chiar se convinsese că era vina ei pentru că nu putea simţi nimic pentru nici unul dintre ei.

Crezuse că era ea o persoană rece. Ceea ce i se întâmpla acum îi zdruncina convingerile. Trupul îi reacţiona puternic la acest bărbat, iar ea nu simţea plictiseala obişnuită pe care o resimţea când cineva o atingea.

-De ce nu? o întrebă el, fascinat de lanţul de emoţii care îi traversa chipul expresiv.

Era convins că era cea mai proastă jucătoare de cărţi din lume. Aproape tot ce gândea se vedea clar pe chipul ei.

Îl privi surprinsă, de parcă nu s-ar fi aşteptat ca el să vorbească. Apoi îşi dădu seama că spusese prea mult ca urmare a transei indusă de plăcere.

-S-ar putea să nu pot face ceea ce vreau, spuse ea după o vreme. Sunt anumite condiţii de îndeplinit... şi chiar alţii care sunt mult mai buni decât mine nu au reuşit... aşa că...

-Nu te subaprecia, îi curmă el ezitarea. Poți să reușești chiar dacă alții au eșuat. Vrei să elaborezi ideea ca să pot înțelege despre ce este vorba și poate că pot să te ajut...

-Oh, nu, nu pot, îl întrerupse ea. Nu este ceva despre care se presupune că am voie să vorbesc, vezi tu.

-De ce? se încruntă el.

Niciodată nu îi plăcuseră situațiile neclare, iar aparent, acea tânără femeie era implicată într-o mulțime de astfel de lucruri.

-Pentru că nu pot, îi ceru ea să înțeleagă.

-Ești amestecată în ceva? o privi el posomorât, nu pentru că nu dorea să se implice cu o femeie care era amestecată în afaceri neplăcute, dar pentru că simțea dorința bruscă să o ajute să iasă din necaz.

Bryan nu era genul de bărbat gata să-și ofere ajutorul la cea mai mică aluzie, dar ea își făcuse drum spre inima lui și aceasta îl neliniștea de-a binelea.

-Oh, nu, nu sunt, nu fii prostuț, râse ea cu veselie, îndepărtându-i astfel gândurile întunecate. Este numai o problemă de familie... Putem vorbi despre altceva? încercă ea să închidă subiectul.

-Oamenii ies la întâlniri pentru a ajunge să se cunoască unul pe celălalt, Becka. Dacă păstrezi secrete... încercă Bryan o altă cale pentru ca să ajungă la miezul problemei.

-Oh, da, ca și cum tu mi-ai spus secretele tale, spuse ea frustrată. Nu sunt atât de bleagă încât să mă las dusă de nas de o asemenea afirmație.

-Nu m-ai întrebat nimic, îi răspunse Bryan cu un zâmbet agățat de colțul gurii. Dar eu te-am întrebat, așa că vezi tu, aștept și un răspuns, dădu el din cap pentru a da mai multă greutate vorbelor lui.

Gânditoare, Becka trasă conturul paharului cu un deget, încercând să găsească o cale pentru a întoarce roata în favoarea ei.

-Dar de ce să fii tu primul care pune întrebări şi nu eu? îl privi ea brusc cu ochi agili.

-Bine, doamnele mai întâi, acceptă el cu generozitate, ca şi cum i-ar fi făcut o favoare. Pune tu întrebări mai întâi, iar apoi voi dori şi eu răspunsuri la întrebările mele, spuse Bryan hotărât, pe un ton care îi promitea că nu o va lăsa să scape fără a respecta învoiala.

Becka se gândi câteva clipe, dar apoi admise dezamăgită:

-Nu ştiu ce să te întreb sau cum să... întreb, spuse ea întorcându-şi privirea spre el.

-Atunci nu ştiu ce răspunsuri ai vrea să-ţi dau, mustăci Bryan, nedorind să dezvăluie nimic fără a fi întrebat în mod specific.

Ea se încruntă pentru o clipă, iar apoi zâmbi de parcă ar fi descoperit secretul vieţii:

-Gata, ştiu ce vreau. Spune-mi totul despre tine.

-Ha, nu ceri prea mult, nu-i aşa? râse el, remarcându-i ingeniozitatea.

-Cred că întrebarea mea acoperă absolut totul, aşa că începe să vorbeşti, gesticulă Becka. Mi-e teamă că nu vei termina astăzi şi va trebui să continui şi mâine, şi poimâine..., râse Becka, fericită că a găsit soluţia perfectă de a evita întrebările lui.

-Chiar eşti deosebită, spuse el râzând, iar apoi îi prinse mâna din nou.

Îi privi degetele, mângâindu-le uşor, până ce îşi dădu seama că fata tremura.

TREZIREA BECKĂI

-Te fac să nu te simți în largul tău? întrebă el, ridicându-și privirea spre ochii ei.

-Nu... nu este vorba despre așa ceva. Numai că nu... sunt obișnuită... cu așa ceva, încercă ea să-i explice.

-Hmm, mă faci să mă întreb câți prieteni ai avut și cât de nepricepuți au fost, spuse el pe sub barbă, dar cu toate acestea, ea îl auzi.

Se gândi câteva secunde, aplecându-și capul pe o parte, un gest pe care el îl remarcase și mai devreme și pe care îl găsea încântător, iar apoi spuse:

-Cred că au fost patru și, da, într-adevăr, erau niște nepricepuți și au vrut să treacă la fapte imediat.

-Și ce le-ai spus? o întrebă el, privind-o drept în ochi cu interes, închipuindu-și micuța lui diavoliță strivind fără milă încercările unor adolescenți excitați.

-Desigur că am refuzat, răspunse ea pe un ton plin de demnitate.

-Dar nu întotdeauna, trase el concluzia, pentru că, în fond, era un bărbat pragmatic.

-De ce nu? ridică ea din umeri. Crede-mă, nu ar fi meritat să accept, replică ea, încruntându-se în același timp.

Becka nu înțelegea încotro se îndrepta el cu acele întrebări, dar ea, una, nu prea era în largul ei cu ele.

Privirea lui agilă i-o susținu pe a ei câteva clipe înainte de a-i da drumul la mână. Lăsându-se pe spate în scaun, Bryan o analiză câteva momente. Neîncrederea sa era aproape palpabilă. Apoi o întrebă pe un ton plin de uimire:

-Vrei să îmi spui că nu ai mai fost niciodată cu un bărbat... sau un băiat?

-Nu e că aş vrea să spun asta, dar se pare că deja am spus-o. Este asta o problemă pentru tine, Bryan? Preferi femeile experimentate şi nu ieşi cu şoareci de bibliotecă ca mine? îl întrebă Becka pe un ton răstit pentru că ura etichetele, mai ales când îi erau ataşate.

-De unde ai tras concluzia asta? o întrebă el nedumerit de izbucnirea ei bruscă.

-Tu ai spus...

-O clipă, iubito! Nu am spus că ai fi un şoarece de bibliotecă, o întrerupse Bryan, ridicându-şi mâna pentru a o opri să vorbească peste el.

Ea îşi flutură degetele pentru a-i îndepărta cuvintele şi îi replică:

-Nu e o problemă. Au fost destui care au spus aşa ceva, aşa că nu mă mira că şi tu gândeşti la fel, ridică ea din umeri, neinteresată de scuzele lui.

-Nu mă pune în aceeaşi oală cu alţii, Becka, ai înţeles? se apleca el spre ea, accentuând cuvintele pentru ca ea să îi audă mesajul cât mai clar. Nu sunt un adolescent indiot care încearcă să înscrie pe răboj o nouă fată în fiecare seară. Iar pe deasupra, nu arăţi deloc ca un şoarece de bibliotecă, clarifică el, continuând să o privească cu ochi hotărâţi. Chiar deloc.

-Eh, să fiu cinstită, cam sunt un şoarece de bibliotecă, admise ea cu sfială, iar privirea îi alunecă într-o parte pentru a o evita pe a lui.

Deşi acela era adevărul, pentru ea era un subiect extrem de sensibil.

TREZIREA BECKĂI

-Prefer să stau și să citesc decât să petrec timp cu colegii mei. În mare parte, nu sunt prea străluciți și nu prea gândesc așa că..., ridică Becka din umeri din nou. Uite care e treaba, am încercat, să știi... dar este atât de plictisitor să fii cu ei tot timpul, protestă ea, gesticulând agitată.

Bryan izbucni în râs și spuse:

-Să sperăm că nu sunt la fel de plictisitor ca și ei și nu te vei sătura de mine la fel de repede.

-Știi că nu am spus nimic de genul ăsta, spuse Becka cu reproș, neliniștită că păreau să se bată cap în cap mai tot timpul.

Niciodată nu se răstise și nu se comportase atât de contradictoriu cu cineva. Nu înțelegea de ce reacționa atât de straniu când era vorba de Bryan.

-Nu, nu ai spus, recunosc, conveni Bryan cu o aplecare a capului. Oricum, sunt sigur că-ți pot arăta unele lucruri pe care nici unul dintre copiii aceia nu le știe, mai spuse Bryan cu același zâmbet de lup care îi provocă din nou un frison pe șira spinării.

Cuvintele lui, precum și zâmbetul lui plin de înțeles, o lăsară fără cuvinte pentru câteva clipe.

Bryan era la fel de blond ca un viking sau, mai curând, așa cum își imaginase ea vikingii. Ochii lui de gheață albastră păreau să-i arunce săgeți uneori, iar ea simțea fiecare dintre acele săgeți undeva în partea inferioară a abdomeniului. Le simțea ca un atac constant asupra simțurilor sale și nu înțelegea de ce.

Ori de câte ori îi atingea el mâna și îi mângâia pielea cu degetele acelea lungi, groase, cu pielea aspră, explodau scântei în terminațiile ei nervoase, ceea ce o făcea să se simtă straniu. Descoperi că tânjea să obțină mult mai mult din partea lui, iar, în acelaș timp, îi era teamă de ce ar fi obținut până la urmă.

Becka era conștientă că Bryan nu era genul de bărbat cu care se putea juca așa cum dorea. Nu putea să spere că el s-ar fi oprit dacă ea ar fi spus nu până la urmă. Nu părea să fie un bărbat care să privească așa ceva cu bunăvoință. Acesta era un bărbat mult prea intens și experimentat pentru a încerca astfel de tactici cu el. Un lucru îi era Beckăi foarte clar: acea relație implica riscuri și, cu toate acestea, nu voia să dea înapoi.

Becka avea de asemenea sentimentul neliniștitor că Bryan era foarte conștient de efectul gesturilor lui asupra ei și chiar se bucura imens de acel efect. Din moment ce ea nu era sigură dacă el era serios sau numai se distra cu ea, detestă faptul că era atât de transparentă, oferindu-i-se pe un platou de argint.

Și mai mult decât atât o deranja faptul că și ea își dădea seama cu acuitate de ce se întâmpla. Aceasta nu însemna însă că era capabilă să facă ceva pentru a-și schimba reacțiile.

Becka era pur și simplu uluită că trăia astfel de senzații intense numai pentru că el îi alinta degetele. Nu era ca și cum nu ar mai fi ieșit cu vreun bărbat înainte și nu ar fi avut nici un fel de experiență cu astfel de situații. În ciuda acelui fapt, era convinsă că nici măcar unul dintre cei cu care se întâlnise în trecut nu a reușit să o facă să simtă a zecea parte din ceea ce simțea acum, iar aceasta fără prea mult efort din partea lui Bryan.

TREZIREA BECKĂI

Tânăra femeie își ridică paharul și sorbi din berea rece numai pentru a câștiga timp. Trebuia să găsească ceva să spună. Se gândi profund, dar nu găsi absolut nimic ce ar fi meritat menționat.

În același timp, se holba la fața de masă, ca și cum ar fi putut găsi inspirație acolo. Din păcate, mintea îi era efectiv goală de orice idee, iar aceea o făcu să se enerveze și mai rău pe ea însăși. Acționa ca o idioată.

Nu putea concepe că un bărbat ar fi putut să o facă să uite totul în câteva secunde. Femeia aceea de la masă nu se comporta cum se comporta ea în mod obișnuit. Unde îi dispăruseră spiritul și abilitățile ei de deflecție?

Bryan îi atinse mând blând din nou, iar gestul lui o aduse înapoi la realitate și ea își ridică privirea spre el. Bryan îi zâmbea.

-Nu te strădui atât de mult, o sfătui el pe un ton blând. Nu este fizică cuantică până la urmă, este numai o întâlnire. Putem vorbi despre absolut orice. Depinde numai de tine. Nimeni nu te poate face să spui sau să faci ceva ce nu vrei, înțelegi, Becka? Hai să găsim un subiect neutru. De exemplu, de ce nu-mi spui despre cursurile pe care le urmezi? sugeră Bryan.

Becka își trase mâna dintr-a lui și și-o lăsă să cadă în poală pentru a întrerupe fluxul de senzații. Apoi își clăti vocea înainte de a spune:

-Urmez niște cursuri de artă vara aceasta. Sunt numai cursuri opționale, știi. Aveam nevoie să am ceva de făcut, spuse ea ridicând din umeri, iar Bryan observă că acel gest o definea.

Becka continuă, nedându-și seama de direcția gândurilor lui:

-Toată lumea este ocupată cu altceva acum și mă simțeam... cam lăsată la o parte, dacă înțelegi ce vreau să spun.

Bryan, care știa foarte bine cum era să fie lăsat la o parte, dădu din cap, iar apoi își aruncă privirea în stânga și spuse:

-Se pare că ne-a venit mâncarea.

Nici unul nu spuse nimic în timp ce chelnerița așeză mâncarea pe masă, iar apoi amândoi spuseră un politicos 'mulțumesc' și își atacară farfuriile.

Fericită că în sfârșit avea ceva de făcut, Becka începu să-și taie friptura cu entuziasm. Arăta exact așa cum îi plăcea și spera că va avea și gustul la fel de bun precum arăta.

Nu mâncase prea mult pe ziua aceea. Își pierduse brioșa și covrigul când s-a dus la magazin să-i cumpere cămașa lui Bryan. Cu inundația pe care a avut-o în după-masa aceea în bucătărie acasă, nu avusese timp să-și prepare nimic să mănânce. Acum îi era foarte foame și nu era nici o nevoie să pretindă entuziasm pentru mâncarea din fața ei.

-A fost o noutate pentru mine să aud că dorești friptură și nu o salată cu sosul alături, îi spuse Bryan după prima înghițitură. Efectiv urăsc să văd cum se înfometează unele femei numai pentru că moda le spune că trebuie să fie slăbănoage și fără curbe. Eu, unul, nu înțeleg de ce ar dori careva o femeie fără rotunjimi.

-Ha... pe mine nu o să mă vezi făcând asta, îi replică Becka aruncându-i o privire și, în același timp, mai tăind o bucată de de friptură. Vreau să spun că nu sar peste mese și nu mănânc numai salată, preciză ea. Desigur, îmi place și mie salata, ca oricui, nu mă înțelege greșit. Dar dacă nu am avut timp să mănânc toată ziua, ca astăzi, de exemplu, atunci chiar vreau o masă bună. Oricum, nu o să fiu niciodată slabă şi nu are sens să mă plâng de ceva ce nu este în cărţi pentru mine, spuse ea, iar în acelaş timp îşi ridică un umăr.

Ochii lui poposiră pe trupul ei câteva clipe, iar apoi el spuse pragmatic:

-Nu cred că ai de ce să te plângi. Ai măsura perfectă.

-Mulţumesc, eşti atât de amabil, i-o întoarse ea sarcastic.

Becka era convinsă că fie el încerca să fie politicos, fie făcea haz de ea pe ocolite.

-Nu, eşti, într-adevăr. Crede-mă, abia aştept să-mi plimb mâinile pe curbele trupului tău.

La cuvintele lui, ea pur şi simplu scăpă furculiţa pe farfurie, fără ca măcar să înregistreze zăngănitul ei, care a răsunat destul de departe şi a determinat pe câţiva oameni să-şi întoarcă capul spre ei. Gura ei formă un '*o*' perfect, ceea ce îl făcu să râdă în hohote.

-Hai, nu-mi spune că nu te aşteptai să o iau şi în acea direcţie, spuse el pe un ton jucăuş, încercând să o facă să se simtă mai în largul ei, dar nu reuşi.

Becka încercă să spună ceva, înghiţi cu greu, iar apoi încercă din nou. Nici un cuvânt nu-i ieşi din gură. Rămăsese fără cuvinte.

-Eşti în regulă? o întrebă el, îngrijorat de-acum.

Dacă situaţia îl amuzase pentru câteva clipe, acum îl tulbura de-a binelea.

Bryan se temea că a mers prea departe şi prea curând, pentru că ea părea copleşită. S-ar fi detestat pe sine dacă ar fi alungat-o cu nerăbdarea lui. Era prima femeie de care se simţise atras de luni de zile şi nu şi-ar fi dorit să o piardă chiar înainte de a avea şansa de a începe ceva.

Becka dădu din cap cu ezitare, iar apoi se ridică de pe scaun brusc şi spuse:

-Mă scuzi pentru o clipă, te rog?

Se ridică şi el, lăsându-şi furculiţa şi cuţitul pe farfurie. Acum bărbatul era îngrijorat de-a binelea, iar gândurile i se oglindeau clar în încruntătura dintre sprâncene.

-Te întorci, nu-i aşa? nu se putu el stăpâni să o întrebe.

-Bineînţeles, că mă întorc. Unde crezi că plec? Mă duc doar până la toaletă, nu fug din restaurant, privi ea spre el, înclinându-şi capul.

Apoi, Becka se grăbi în direcţia toaletei, fără să mai privească în urmă. Înăuntru, cercetă să vadă dacă era singură, apoi se sprijini cu greutate de prima chiuvetă care părea uscată, şi se privi atent în oglindă.

Chipul îi era îmbujorat şi o nouă sclipire îi apăruse în ochi, ceea ce o îngirjoră puţin. Becka îşi închise ochii pentru o clipă, respiră profund, iar apoi reflectă: "*În regulă, acesta e bărbatul potrivit, cred. Poate nu în seara aceasta, dar curând, asta este sigur. Este chiar primul care m-a făcut să simt că aş vrea să fac dragoste. Are sens...*"

După ce a ajuns la acea concluzie, Becka îşi stropi faţa cu apă, iar apoi se îndreptă şi îşi uscă faţa şi mâinile cu grijă.

Îşi mai analiză hotărârea câteva secunde înainte de a părăsi toaleta pentru a se întoarce la masă, unde o aştepta Bryan, sorbind din berea lui.

Ochii lui o găsiră imediat, iar el o privi cum se îndrepta spre masă. Când era suficient de aproape, se ridică respectuos să o ajute să ia loc.

TREZIREA BECKĂI

Ea nu mai văzuse gestul acela nicăieri decât în filme până atunci și se simți flatată că el făcea efortul să-l facă. Becka îi admiră de asemenea fluiditatea mișcărilor care îi arăta că era genul de bărbat care se antrena serios, probabil chiar zilnic.

Ea se așeză pe scaun cu un zâmbet încurajator, iar apoi își luă propriul pahar de bere și își înmuie buzele în lichidul amărui. Zâmbetul ei tot se vedea pe deasupra paharului, puțin mai îndrăzneț acum, iar privirea din ochii ei îl atrase spre ea și mai puternic.

Excitarea lui crescu și îi atrase atenția spre pantalonii săi care se simțeau incomfortabil de strâmți acum. Bryan deveni conștient de două lucruri. În primul rând își dădu seama că era fericit pentru că se afla pe scaun și că fața de masă îi ascundea starea jenantă.

Nu i-ar fi plăcut ca ea să observe cât de mare îi era efectul asupra lui, mai ales pentru că reacționase atât de timid mai devreme când el îi sugerase ceva care era departe de a fi inocent. Al doilea lucru de care își dădu seama era că trebuia neapărat să o aibă mai devreme sau mai târziu, iar Bryan își promise lui însuși că o va avea. Nu era femeia pe care pur și simplu să o lase să treacă prin viața lui fără a o opri.

Avea nevoie de ea la nivel visceral și nu numai în pat. Simțea nevoia să petreacă suficient timp cu ea și să vadă ce însemna acea atracție dintre ei și era hotărât să fure acel timp dacă ar fi fost necesar.

-Ai vrea să ne plimbăm pe malul lacului după ce terminăm masa? o întrebă el, arătând cu capul spre promenada înțesată de oameni. Nu bate vântul prea tare în seara aceasta și este încă destul de cald pentru această oră.

Becka aprobă cu o înclinare a capului și-i spuse pe un ton jucăuș:

-Sper, însă, că-mi vei comanda și desert.

Bryan râse din toată inima și își scutură capul de parcă nu i-ar fi venit să-și creadă urechilor.

-Trebuie să spun că ești prima femeie în ani de zile care mi-a cerut și desert. Nici nu mai eram sigur dacă femeile mănâncă înghețată sau prăjituri.

-Această femeie mănâncă, îi spuse Becka, aplecându-se spre el de parcă i-ar fi mărturisit un păcat. Dacă e posibil să fie servite ambele în același timp, cu atât mai bine. Știi tu, o prăjitură de ciocolată fierbinte cu o cupă sau două de înghețată deasupra... Oricum, pentru viitor, să știi că nu este o idee bună să-ți menționezi relațiile anterioare unei femei, îi făcu ea cu ochiul ca și cum i-ar fi dezvăluit un secret. Avem chestia asta, știi tu, își flutură Becka mâna. Poate că este capriciu, dar preferăm să credem că sântem singurele care au existat în viața unui bărbat.

-Am luat notă, îi replică Bryan cu amuzament și-i surâse. Mă voi abține de a face comparații de acum încolo, deși aș fi crezut că te-ai simți flatată de comparație.

Ea își scutură capul la el și cu un gest larg cu mâna, îi răspunse:

-Nu prea. Ești departe, foarte departe de adevăr. Vezi tu, aș putea crede că mă consideri lacomă, iar ideea asta chiar nu-mi place. Nu-mi place chiar deloc.

-Oh, nu, iubito, nu aş gândi aşa ceva. Întotdeauna mi-am dorit să văd o femeie cu un apetit sănătos şi uite, că te-am găsit pe tine. În sfârşit, am găsit una. Cred că eşti absolut unică, i-o întoarse Bryan în timp ce se mai delectă cu o gură de bere, fără a-şi lua ochii de la ea.

-Desigur că sunt unică. Fiecare este unic, Bryan. Nu există doi oameni la fel, spuse Becka puţin cam tare, iar un cap sau două se întoarse spre ei, dar nici Becka nici Bryan nu remarcară.

-Dacă ai ştii tu..., spuse el pe un ton melancolic, scuturându-şi capul. Prea mulţi oameni încearcă să emuleze pe altcineva şi, în final, ajungi să ai o mulţime de copii ale aceleiaş persoane, trase parcă la indigo, de ţi-e şi silă, continuă el, iar regretul i se auzi în voce.

-Oh, Bryan, nici nu vreau să ştiu cu ce fel de femei ai ieşit până acum, de ai o astfel de opinie despre sexul meu, îi spuse Becka cu uimire. Din fericire pentru tine, iată-mă-s aici. Aşa cum ai menţionat, sunt unicat, glumi ea.

-Da, eşti, Becka, şi intenţionez să te păstrez, îi răspunse el pe un ton deodată serios.

Un fior i se strecură de-a lungul şirei spinării la cuvintele lui. Seriozitatea sa o avertiza din nou că nu era un om cu care s-ar fi putut juca.

-Ar trebui să mă îngrijorez? încercă Becka să glumească, dar o oarecare doză de îngrijorare îi luci în ochi ca rezultat al intensităţii declaraţiei lui.

-Nu îmi stă în caracter să hărţuiesc femei, Becka, nu trebuie să-ţi faci griji. Am vrut doar să spun că-mi doresc ca totul între noi să meargă bine pentru că îmi doresc mai mult timp cu tine, atâta tot, îi explică Bryan cu răbdare pentru a-i alunga neliniştea.

-Ah, atunci este în regulă. Vom vedea ce va fi, nu-i așa? declară ea pe un ton realist.

Bryan îi aprobă cuvintele cu o aplecare a capului și apoi, văzând că își terminase friptura, îi făcu semn chelneriței să vină la masa lor.

-Deci ce ai vrea pentru desert? o întrebă el, înmânându-i meniul de desert ce fusese lăsat pe masă.

Becka deschise meniul și parcurse toate opțiunile pe îndelete, până ce găsi ceva care-i surâdea cel mai mult.

-Cred că negresa cu trei straturi de ciocolată și înghețată. Ți-am spus deja. Sunt înnebunită după prăjitura cu ciocolată și înghețată. Este favorita mea. Tu?

-Decadent, îmi place. Voi lua același lucru. mai vrei ceva de băut?

Becka aruncă o privire spre lac, apoi spre chelnerița care se apropia, și numai după aceea găsi curajul să se uite în ochii lui și să spună:

-Eu, de fapt, nu prea beau, Bryan. Chiar și berea aceasta a fost prea mult, cred.

-La naiba, ai numai nouăsprezece ani. Abia ce a devenit legal pentru tine să bei. Îmi pare rău, Becka, mi-a zburat din minte. Poate vrei o băutură răcoritoare? întrebă el, nemulțumit că nu a remarcat ceva atât de important.

Se șutui mental că a fost într-atât de preocupat cu ea și a făcut o astfel de eroare. De obicei, nimic nu îi scăpa.

Bryan știa că nu își putea permite să greșească dacă dorea ca relația aceea să reziste. Era convins că ea ar fi putut alege pe oricine. Probabil, el era numai unul într-un ocean cu mulți alții.

-Da, aș vrea o băutură răcoritoare sau poate apă minerală. Da, cred că apă minerală ar fi cea mai bună.

TREZIREA BECKĂI

-Sigur?

Când ea aprobă aplecându-şi capul, el îi dădu comanda chelneriţei. După ce aceasta a plecat, îi luă mâna Beckăi şi îi sărută degetele. Părea obsedat cu degetele ei, iar ea nu ştia ce să creadă.

-Voi ţine minte să nu beau alcool când sunt cu tine, da?

Ea râse vesel şi îi alungă grijile.

-Fii serios, Bryan. Tu poţi bea orice doreşti, nu e ca şi cum ţi s-ar interzice să bei când eşti cu mine, râse ea din nou. Mie îmi place un pahar de şampanie când şi când, atunci când am ceva de sărbătorit. Nu îmi prea place altceva. Gustul nu e pentru mine.

-Atunci îţi voi cumpăra doar şampanie, Becka. Cea mai bună, evident. Sunt sigur că mi-o voi permite dacă bei doar din când în când, la ocazii speciale, spuse el râzând.

Pe tot restul cinei, vorbiră despre multe lucruri, dar despre nimic în mod deosebit. După ce el plăti, o luă de mână şi o conduse pe malul lacului pentru o plimbare romantică.

Soarele apunea, dar promenada era tot plină de oameni, ceea ce îi displăcu profund lui Bryan. Voia să o aibă pe Becka numai pentru el însuşi, iar oamenii care tot treceau pe lângă ei îi furau din timpul pe care îl avea cu ea.

Becka simţi când i s-a schimbat starea de spirit şi se întrebă ce s-a întâmplat de s-a schimbat atât de dramatic de la dispoziţia mulţumită, pe care o afişase cu numai câteva minute în urmă. Părea de-a dreptul melancolic.

-S-a întâmplat ceva, Bryan?

-Prea mulţi oameni, atâta tot, Becka. Aş vrea să fiu singur cu tine, recunoscu el deschis.

Becka părea să aibă un efect straniu asupra lui, făcându-l să dezvăluie lucruri pe care nu le-ar fi spus în mod normal, în special la o primă întâlnire. Avea simţul de conservare destul de puternic şi acela îl oprea în mod normal să facă astfel de greşeli.

-Păi, acest loc este aglomerat mai tot timpul, doar ştii, spuse Becka cu un gest larg din mână. Este unul din locurile favorite pentru plimbări, în special în cursul serii, spuse ea, încercând să-l împace.

-Desigur că ştiu. Dar asta nu înseamnă că trebuie să-mi şi placă, nu-i aşa? îi răspunse el pe un ton scurt, chiar dacă era conştient că nu era vina ei că locul era atât de popular.

-Ei bine, dacă mergem mâine pe lac, vom fi singuri o vreme, sublinie ea, încercând din nou să-l înveselească.

-Vom merge cu siguranţă, spuse Bryan. Sper că nu ţi-ai schimbat părerea, se întoarse el spre ea să-i vadă răspunsul în ochi.

Ea îşi scutură capul şi îi strânse degetele liniştitor, un gest care lui îi plăcu. Dintr-un impuls, se aplecă spre ea şi-i sărută buzele blând.

Acel prim sărut nu dură mai mult de câteva secunde, dar furnicăturile electrice plăcute pe care le simţi când îi atinse buzele au fost mai puternice decât s-ar fi aşteptat.

Amândoi s-au oprit, destul de aproape unul de celălalt pentru a simţi căldura buzelor celuilalt, iar Becka îl privi fix, cu ochii plini de uimire. Nu fusese decât un sărut mic, mai concret, numai o atingere a buzelor, dar ea simţise mult mai mult decât atât. Furnicăturile pe care le simţise mai devreme păreau să pălească pe lângă intensitatea celor de acum.

TREZIREA BECKĂI

Când el o trase în brațele lui strâns, ea acceptă imediat. Nici nu-i trecu prim minte să-i reziste. Era nerăbdătoare să resimtă din nou acele vibrații joase care îi făceau trupul să cânte.

Se pomeni complet întinsă de-a lungul trupului lui, fiecare suprafață tare a pieptului și abdomenului lui arzând-o prin rochie.

Bryan o ținu foarte aproape, ca și cum ar fi dorit să-și lase semnul pe ea, iar ei nu-i păsă. Buzele lui i le atinseră pe ale ei și trasară forma gurii ei fără grabă. Gura lui încerca să învețe textura fiecărei celule din pielea sensibilă pe care o gusta. Limba lui fierbinte îi atinse suprafața delicată a buzelor, alintând-o agale, ca și cum ar fi avut tot timpul din lume să se răsfețe unul pe celălalt.

Lumea din afară încetă să existe pentru amândoi. Scufundați profund în propria lor lume, nimic nu mai conta, decât ceea ce puteau oferi și lua unul de la celălalt.

Oamenii care se plimbau în jurul lor deveniră invizibili și toate zgomotele se estompară în fundal, în timp ce ei ascultau numai ritmul inimilor lor și pulsul sângelui care le răsuna în urechi.

Buzele li se atinseră mai apăsat și încercară să găsească o cale să devină un tot unitar. Limbile li se duelară și se alintară una pe cealaltă, uneori lent, fără grabă, gustându-se una pe cealaltă, explorându-se și dând naștere la senzații inedite. Alteori, se duelau violent, de parcă s-ar fi temut că le-ar fugi timpul printre degete și că fiecare secundă ar fi contat.

Bryan îi mușcă buza de jos brusc, iar ea expiră cu un scâncet. Apoi el îi supse buza abuzată în gura lui și i-o mângâie să i-o aline cu atingeri ale limbii sale, înghițindu-i geamătul care îi scăpă Beckăi din gât și făcându-l parte din el însuși.

Degetele lui vorace se jucară cu pielea acoperită de materialul subțire al rochiei ei și apăsa puțin mai tare, ori de câte ori aștepta ceva mai mult de la ea.

Degetele ei săpau în mușchii tari ai umerilor lui, încercând să găsească suport și să-și păstreze echilibrul. Becka se găsea prinsă în mijlocul unei furtuni violente și se clătina pe marginea necunoscutului. Mintea îi era prinsă într-un vârtej de senzații care nu-i dădea voie să se mai gândească la nimic altceva decât la gura lacomă, care o învăța fără milă ce însemna cu adevărat un sărut.

Becka avu senzația că, în sfârșit, și-a lăsat adolescența în urmă și se afla pe pragul maturității. Era în brațele unui bărbat capabil să-i ofere ce-și dorise de multă vreme, de-a lungul anilor în care se simțise atât de neliniștită.

Aceasta nu avea nimic de-a face cu condițiile pe care străbunica ei le pusese în documentele trustului. Era mult mai mult decât atât.

Când într-un final s-au oprit pentru a respira, Becka gâfâia din greu și tremura toată. Chiar și Bryan se văzu nevoit să tragă adânc aer în piept. Apoi, el îi zâmbi lupește, cu acel zâmbet care părea să-i aparțină numai lui, iar apoi își aplecă capul și o mușcă la împreunarea dintre gât și claviculă. Îi linse pielea acolo când o auzi inspirând brusc din cauza durerii ascuțite. Îi supse pielea, făcând-o să uite de durerea resimțită, propulsând-o dintr-o lume a durerii și fricii, într-una de plăcere vrăjită.

Corpul Beckăi pulsa în întregime. Acum știa că-i dorea atingerea peste tot pe trupul ei. Simțea nevoia de-a avea gura aceea nemiloasă peste toată suprafața corpului ei, peste toate locurile ei sensibile.

TREZIREA BECKĂI

Becka deschise gura să-i spună ce dorea, când Bryan îi puse un deget pe buze şi o opri.

-Becka, avem audienţă, spuse el şi arătă spre stânga.

Îşi aruncă şi el privirea din nou într-acolo, iar când ea îşi întoarse capul în aceeaşi direcţie, observă mai multe adolescente adunate, privindu-i cu curiozitate şi râzând de parcă nu mai văzuseră o femeie şi un bărbat sărutându-se înainte.

Becka nu auzea ce-şi spuneau, dar putea să-şi dea seama că nu i-ar fi plăcut să le audă. Fără să ştie ce să spună îşi ridică privirea spre Bryan, aşteptând să-i afle părerea.

-Cred că trebuie să mergem mai departe, spuse el blând, iar după ce îi alintă obrazul cu degetele sale aspre, îi luă mâna într-a lui şi o porni încet spre celălalt capăt al promenadei, unde lacul lucea în lumina apusului.

CAPITOLUL 3

BRYAN SOSI ÎN FAȚA casei Beckăi cu cinci minute mai devreme decât ora la care conveniseră să se întâlnească. Se hotărî să aștepte până la opt și jumătate înainte de a suna la ușă.

Își amintea foarte bine cât de pretențioasă a fost despre ora de întâlnire și cât de mult îi plăcea să doarmă. Presupuse, de asemenea, că avea nevoie și de timp să se pregătească și era decis să-i ofere tot timpul pe care și-l dorea.

Bryan nu dorea să-și înceapă ziua cu Becka pe o notă neplăcută. Faptul că putea petrece întreaga zi cu Becka și, în același timp, dezvolta o relație cu ea, i se părea ceva extraordinar și dorea să se agațe de orice pentru a-i oferi o zi deosebită.

Mai mult decât atât, avea și el propriile lui așteptări în ceea ce privea acea a doua întâlnire. Știa că probabil așteptările lui erau prea ridicate, dar tot dorea să și le îndeplinească sau măcar o parte dintre ele.

Exact la opt și jumătate, apăsă pe soneria de la ușă. Sunetul soneriei îi stârni fluturii din stomac la viață, iar ei fremătară din cauza anticipării și anxietății. În același timp, un rânjet îi apăru pe buze când tema muzicală din *Fălci* îi răsună în urechi.

Bryan nu s-ar fi așteptat să audă o asemenea melodie când a apăsat soneria. Dacă ar fi fost altceva, ca *Vă Urăm Un Crăciun Fericit* sau tema muzicală din *Pur Și Simplu Dragoste*, de exemplu, ar fi înțeles. Mereu descoperea că Becka era, în fapt, mult mai complexă decât părea, iar aceasta îl întări și mai mult hotărârea să nu o piardă din viața lui.

Bryan putea auzi ecoul muzicii tulburătoare umplând casa și deveni și mai nerăbdător să o vadă pe Becka deschizând ușa și să-l fulgere cu acel zâmbet strălucitor al ei, care îi încălzea mereu ochii de ciocolată.

Din nefericire, aceasta nu s-a întâmplat. Bărbatul își ciuli urechile și ascultă atent, donic să audă sunetul pașilor ei grăbiți spre ușă sau cel puțin zgomotul făcut de un pantof aruncat într-un perete cu mânie. Aștepta un sunet, oricare. Spre dezamăgirea sa, nu se auzi nimic din casă, iar speranțele lui se năruiră fără milă.

Bryan se încruntă și scrâșni din dinți când îi trecu prin minte gândul că probabil ea și-a bătut joc de el și că nu avea nici o intenție să-l mai vadă.

Era convins că a condus-o la ușa ei în seara precedentă. Chiar o privise intrând în casă. Nu a văzut-o folosind vreo cheie să deschidă ușa, dar ea i-a făcut semn de *la revedere* și a închis ușa după ea.

Doar nu o lăsase pe treptele unei case pe care o alesese ea, pentru ca apoi ea să poată merge la altă ușă după ce el a plecat.

Gândul că a fost înșelat era de nesuportat. I se mai întâmplase înainte și nu dorea să mai repete acea experiență. De data aceasta, însă, durerea era mai adâncă pentru că el chiar crezuse că s-au simțit bine împreună și acum se temea că probabil ea nu simțise la fel ca și el.

Bryan nu voia să-și lase gândurile să urmeze acel drum, dar totuși, trebuia să admită că deși ea intrase în acea casă noaptea trecută cu aerul că era a ei, aceasta nu însemna că nu cumva vizitase casa unui prieten care fie că a plecat mai devreme în acea dimineață, înainte ca el să vină, fie stătea liniștit în casă și nu scotea un sunet, așteptând ca el să renunțe și să plece.

Furia îi crescu și mai mult la gândul că ea și-a bătut astfel joc de el, iar Bryan aproape se sufocă din cauza presiunii mâniei sale. Nu era numai furios pe ea pentru că a făcut haz de el, ci și pe sine însuși pentru că s-a lăsat dus de nas cu ușurință.

Furios, dădu cu pumnul în cadrul ușii cu atâta forță că lemnul i-a zgâriat încheieturile degetelor care au început să sângereze.

Înjură și chiar se blestemă pe sine însuși cu mânie. La naiba, doar nu era un bărbat neexperimentat, netrecut prin viață. Ar fi trebuit să știe mai bine decât atât. Mult mai bine.

Becka păruse prea drăgălașă și frumoasă pentru unul ca el și nu ar fi trebuit să spere că ar fi ieșit ceva dintr-o relație cu ea, pentru că, de fapt, nici nu avea acel drept.

În fond, i se spusese acel lucru destul de des în viață și el avusese senzația că învățase acea lecție. Și cu toate acestea, se părea că el continua să se mintă pe sine însuși.

Bărbatul aruncă o privire la ceasul de la mână și observă că trecuseră aproape cinci minute de când apăsase pe butonul soneriei. Și cu toate acestea, nici un sunet nu venea din casă.

Aceea a fost ultima picătură. L-a convins că se înșelase amarnic și că cele mai mari temeri ale sale s-au dovedit a fi reale. Fusese păcălit.

Bryan își întoarse capul și privi spre mașina pe care o parcase pe alee în acea dimineață. Mai ezită câteva moment, dar apoi se gândi că era mai bine să plece din moment ce nu era nimic acolo pentru el. Dacă ea nu dorea să-l vadă, el nu putea să o forțeze.

În acel moment, ceva se înăspri în sufletul lui şi, scuturând capul, decise cu încăpăţânare să mai îşi încerce norocul o dată. Apăsă din nou pe butonul soneriei.

Ascultă din nou sunetul muzical care se lovea de pereţii din casă, dar tot nu putea auzi nici un fel de mişcare venind din interior.

Acela a fost finalul. Bryan trebui să-şi accepte înfrângerea. Se aplecă şi îşi lipi capul de uşă într-un moment de slăbiciune. Umerii îi căzură.

O mână de fată l-a păcălit, iar el trebuia să trăiască cu acel gând. În fine, nu era prima oară şi, probabil, nici ultima oară când păţea aşa ceva. Slabă consolare!

Furios, scrâşni din dinţi, îşi încleştă şi îşi descleştă pumnii, iar apoi, într-un final, se întoarse şi o porni spre maşina sa. Mersul îi era hotărât, iar furia îi era vizibilă în fiecare pas greu pe care-l făcea.

Tocmai îşi deschisese uşa de la maşină când o auzi stringând fără suflare:

-Bryan, aşteaptă!... Doar dă-mi timp să ajung acolo... Nu pleca acum!

Bărbatul se întoarse imediat spre sunetul vocii ei, iar uimirea îi jucă în ochii duri. Nedumerirea îi crescu când o zări pe Becka venind în fugă pe stradă spre el.

Picioarele îi tremurau, iar faţa îi era aproape albastră din cauza efortului. El îşi dădu imediat seama că era aproape extenuată. Aceea însă nu o opri şi Becka chiar încercă să-i zâmbească.

TREZIREA BECKĂI

Becka își ținea o mână pe partea dreaptă a abdomenului, unde avea o crampă care o deranja de vreo zece minute. Nu crezuse însă că va mai ajunge acolo la timp, chiar dacă a alergat pe cât de repede o țineau picioarele și energia.

El îi semnală să încetinească și să se oprească din alergat. Un zâmbet larg strălucitor i se urcă Beckăi pe buze pentru că era recunoscătoare că în sfârșit se putea opri din alergare. Acela era zâmbetul pe care el îl așteptase cu nerăbdare în dimineața aceea.

Ea se opri brusc și se aplecă, apăsându-și mâinile cu disperare pe genunchi. Apoi începu să gâfâie, trăgând aer în piept cu zgomot. Era clar că nu era antrenată pentru jogging.

Becka ajunsese la numai trei case mai încolo de a ei, dar Bryan se grăbi la ea imediat. Îngrijorat, își petrecu brațul în jurul taliei ei pentru ca să o suțină și îi îndepărtă părul des de pe chip.

-Ce ai încercat să faci? o întrebă Bryan pe Becka, observând urmele pe care efortul ei susținut le lăsase pe fața ei și simțind-o tremurându-i în brațe. Te antrenezi cumva pentru maraton sau ce? Și nu știi că trebuie să o iei treptat?

-Am... avut... ceva... de... făcut..., îi răspunse ea cu dificultate, spunând cuvintele printre gâfâituri din cauză că încerca să-și regăsească suflul.

O lăsă să își revină și nu o mai presă. Era mulțumit că o avea acolo cu el și, pentru moment, acel lucru era suficient. În fond, era mult mai mult decât avusese cu câteva momente în urmă când crezuse că l-a amăgit.

-Când am văzut că eram în întârziere pentru întâlnirea noastră... a trebuit să alerg ca să ajung aici la timp, spuse Becka până la urmă când reuși să respire mai ușor.

Cum efortul încă i se reflecta în voce, Bryan o opri, atingându-i buzele blând cu degetele.

-Este în regulă, iubito, îi spuse Bryan, respiră acum și îmi spui totul după ce ți-ai revenit.

Becka dădu din cap și o porni spre ușa ei, dar picioarele ei aleseră exact acel moment să înceapă să tremure violent și aproape căzu în față. Din fericire, Bryan era încă acolo cu ea și avea un braț în jurul ei. Reuși să o oprească să nu cadă în nas pe trotuar.

El își scutură capul, iar apoi se grăbi să o ridice în brațe, și fără să spună un cuvânt, o duse spre casă. Pașii lui mari acoperiră distanța rapid. Când a ridicat-o, cu un strigăt ușor de surpriză, Becka își strecură brațele pe după gâtul lui.

-Cât ai alergat? o întrebă el după ce ajunse în fața casei și se opri să o privească.

Becka își cuibărise capul comfortabil pe umărul lui și își îngropase nasul în gâtul lui. Tocmai se delecta cu mirosul pielii lui când l-a auzit vorbind. Vocea lui o făcu să tresară și simți o urmă vagă de vină, dar o împinse la o parte imediat. Îi trebuiră câteva clipe să-i proceseze cuvintele după ce s-a trezit din visare.

-Cred că vreo zece străzi sau poate puțin mai mult..., îi răspunse ea nesigură, pentru că nu își amintea cu exactitate.

Bryan se uită în jos la chipul ei uluit.

-De ce naiba ai alerga o asemenea distanță? Mai ales dacă nu ai nici un fel de antrenament? Ce ți-a trecut prin minte?

-De unde știi că nu am antrenament? Se îmbufnă Becka, alegând să se agațe numai de una dintre întrebările lui.

-Ei bine, picioarele îți tremură, ai un junghi în partea dreaptă... Acestea sunt indicații clare, Becka. Nu trebuie să fiu expert ca să-mi dau seama că nu alergi astfel în mod obisșnuit, îi replică el râzând, deși preocuparea lui nu era defel împăcată. Dacă cumva alergi, specifică el, sprânceana lui dreaptă sărindu-i sus pe frunte interogativ.

-Ah! Da... spuse ea și apoi nu mai continuă, ci se pierdu în gânduri.

-Mai ești cu mine, iubito?

Ea își ridică privirea la el și zâmbi.

-Desigur, doar mă gândeam.

-Da, am observat asta, îi replică Bryan amuzat, privind în ochii ei. La ce te gândeai?

-Bine, atunci, spuse Becka. Mă întrebam dacă să spun totul sau nu.

La replica ei, sprânceana stângă a lui Bryan se ridică. Nu se aștepta la o confesiune din partea ei. De fapt, nu se aștepta defel ca ea să aibă ceva de mărturisit.

-Nu m-am antrenat niciodată și de fapt urăsc să alerg, continuă Becka, făcându-l să izbucnească în râs.

Se așteptase să audă cu totul altceva, iar inocența confesiunii ei era muzică în urechile lui.

-Nu, dar vezi, a trebuit să plec azi dimineață și din moment ce nu ți-am cerut numărul de telefon să te pot anunța că nu voi fi acasă când vei veni, a trebuit să mă grăbesc să mă întorc, îi explică ea după ce îi plesni umărul pentru că râdea de ea.

-Asta a fost chiar foarte frumos din partea ta, îi răspunse Bryan încet după o secundă de ezitare, nesigur de ce ar trebui să spună.

Era normal să fie uluit. Pentru prima dată în viața lui cineva se gândea la el. Oamenii fie se temeau de el și îl ocoleau de departe sau nu dădeau nici un ban pe el. Indiferent de situație, nimeni nu-i luase sentimentele în calcul înainte de acea dimineață, și gestul ei îl emoționase.

Cinicul din el era încurcat și nu știa cum să reacționeze. Se pomenise într-un teritoriu necunoscut și avea sentimentul că trebuia să joace un rol într-o piesă de teatru, dar nu-și cunoștea replicile.

-Dacă vrei, mă poți pune jos ca să deschid ușa, auzi el vocea Beckăi și își întoarse ochii la ea.

Ochii lui se opriră mai întâi peste părul ciufulit, apoi peste ochii strălucitori și obrajii care erau încă stacojii.

-Dacă îmi dai cheia, pot deschide ușa fără să te las jos, îi spuse el pe un ton jucăuș și un zâmbet îi apăru pe buze.

-Oh, dacă vrei tu, mie mi-e egal, răspunse ea. Dar nu este nevoie de nici o cheie. Ușa nu este încuiată.

Șocat, Bryan nu reuși să facă altceva decât să se holbeze la ea. Nu putea să formeze o propoziție coerentă și nici nu putea să se miște. Nu auzise niciodată de cineva care nu își încuia ușile.

-Ce s-a întâmplat? îl întrebă Becka. De ce te uiți fix la mine? Am ceva pe față și ar trebui să știu? întrebă ea și-și pipăi fața pentru a verifica ea însăși.

-Nu ți-ai încuiat ușa, spuse el pe un ton plat, care transmitea cu claritate că el considera gestul ei prostesc.

-Nu, nu am încuiat-o. De ce ar trebui să o fac? întrebă Becka uimită atât de sugestia cât și de reacția lui.

TREZIREA BECKĂI

-De ce ar trebui să o faci? întrebă el fără să-și creadă urechilor, iar apoi repetă mai cu putere. De ce ar trebui să o faci?

-Nu este necesar să te superi pentru atâta lucru, îl bătu ea pe umăr și continuă să vorbească pe un ton menit să-l calmeze. Crede-mă, nu este necesar să încui ușa, îl asigură femeia.

-Tu vorbești serios? strigă el. Acesta nu e un sat mic unde toată lumea cunoaște pe toată lumea, Becka. Și chiar și în sătuce se întâmplă unele lucruri. Sântem într-un oraș mare, pentru numele lui Dumnezeu! își termină el discursul aproape strigând. Oamenii își încuie ușile, Becka.

-Fii serios, Bryan. Care este cel mai rău lucru care se poate întâmpla? Doar știi că ce e scris să fie, o să fie, indiferent de ce faci tu, spuse ea pe un ton înțelept.

-Scutește-mă de porcăriile astea. Nu-mi cita mie idioțenii, replică el furios. Trebuie să fii mai grijulie și să începi să-ți încui nenorocita de ușă!

Furios din cauza neghiobiei ei, Bryan deschise ușa lovind-o cu piciorul, ca și cum ar fi vrut să sublinieze ceea ce spusese.

Becka îl privi în tăcere, nesigură de ce ar fi trebuit să spună, văzând că el efectiv clocotea de mânie. Se gândi să mai dezamorseze tensiunea și spuse calm, sperând să-l facă și pe el să se calmeze astfel:

-Ești supărat pentru că am spus ce am spus sau pentru că te temi că mi s-ar întâmpla ceva?

-Tu ce naiba crezi? lătră Bryan din nou. Dacă începi să încui nenorocita aia de ușă și ești mai atentă de acum înainte, poți să-mi citezi toate tâmpeniile pe care care le vrei și când vrei! se răsti Bryan la ea.

-Înțeleg... tărăgănă Becka cuvintele. Deci, să înțeleg din ce spui că ești îngrijorat din cauza mea?

-Ce fel de întrebare este asta, Becka? Evident că sunt îngrijorat. Ce e în neregulă cu tine, femeie? întrebă el mârâind și încruntându-se la ea.

-Nimic, nimic, spuse ea repede ca să-i ia gândul de la furia lui. Apropo, probabil că ai obosit să mă porți în brațe, Bryan. Nu sunt chiar așa ușoară. Așa că, fie mă pui jos dacă vrei să continuăm conversația pe scări, fie putem merge înăuntru... E alegerea ta, până la urmă, spuse ea privindu-l, ca și cum starea lui de spirit nici nu ar fi existat.

Bryan îngheță pe loc auzindu-i cuvintele, nevenindu-i să creadă că-i putea vorbi cu atâta frivolitate. Își scutură capul, închise ochii dându-se bătut în fața celei mai ciudate femei pe care o întâlnise vreodată, iar apoi o duse în casă, închizând ușa cu piciorul în urma lor.

Înăuntru, el o privi interogativ, așteptând ca ea să-l direcționeze.

-Presupun că putem merge la bucătărie mai întâi să bem o ceașcă de cafea, răspunse ea întrebării lui mute. Mor după o ceașcă de cafea după dimineața pe care am avut-o, gemu ea, iar apoi continuă. Înțeleg că nu vrei să mă lași jos așa că... Bucătăria este chiar în față, prin living. Este ultima ușă pe dreapta, îi arătă ea cu degetul.

Bryan dădu din cap scurt și o duse în bucătărie unde o puse pe un scaun capitonat din colțul amenajat pentru micul dejun, care avea vedere spre grădină. Întregul perete dinspre grădină era numai geam de sus până jos, încadrat de perdele galbene legate cu fundițe subțiri de mătase.

TREZIREA BECKĂI

Grădina ei era dominată de o explozie de culori. Petice cu tot soiul de flori se îmbăiau în lumina soarelui dimineții. Pur și simplu, erau pline de veselie.

La prima vedere, lui Bryan i se păru că un nebun a proiectat acea grădină. Era cea mai bizară grădină pe care o văzuse. Nu-și mai amintea să fi văzut atât de multe culori și atâtea forme nedefinite într-o grădină.

Grădina mamei sale prezenta flori în straturi dreptunghiulare precise, fie cu petunii, fie cu trandafiri, fiecare având un loc bine stabilit.

Acel cadru strict era departe de grădina Beckăi, care părea dintr-o altă lume. Nu semăna deloc cu vârtejul acela de flori de tot soiul, care păreau să dea pe dinafară din ghivecele care erau împrăștiate peste tot prin grădină, fără nici un fel de ordine. Multe dintre specimene erau probabil flori sălbatice pentru că el nu le mai văzuse în vreo grădină înainte.

La început, își scutură capul, nevenindu-i să creadă că grădina putea arăta astfel, dar numai după câteva momente înțelese că acea grădină era oglinda fidelă a Beckăi. Arăta sălbatică, impredictibilă, cu stări de spirit bruște și surprize neașteptate.

-Deci ce părere ai despre grădina mea? îi auzi el vocea blândă venind din spatele lui.

Întorcându-se, o văzu stând în picioare la câțiva pași în spatele lui, lumina din ochii ei arătându-i că abia aștepta să-i audă părerea. El recunoscu curiozitatea din ochii ei, dar lumina ochilor de ciocolată îi dezvăluia și cât de atașată era ea de acea grădină.

-Cred că ți se potrivește, răspunse el cu sinceritate. Este exact ca tine, Becka.

-Nu crezi că este pur şi simplu excentrică şi că ar trebui să o schimb, poate să o domesticesc puţin? îl întrebă ea, fără să-şi ia ochii de pe el.

Nu ar fi fost el primul care să-i spună că dezordinea micii ei grădini era neliniştitoare.

-De ce? Este exact cum ar trebui să fie, cred eu, îi răspunse Bryan ridicând din umeri. Nu cred că ar trebui să schimbi nimic, puiule. Chiar ţi se potriveşte, îi spuse el, alintându-i maxilarul cu degetul lui mare.

Ea îi dărui un surâs imens plin de fericire. Becka era încântată că şi el vedea grădina în aceeaşi lumină ca şi ea. Îi strânse mâna să-i mulţumească, apoi se duse spre contoarul din bucătărie unde începu să prepare cafeaua.

-Presupun că şi tu ai dori să bei o ceaşcă de cafea cu mine, spuse ea în timp ce îşi făcea de lucru cu ceştile şi farfurioarele.

-Mda, mi-ar place o ceaşcă de cafea, replică el, privindu-i mâinile mici aranjând ceştile şi farfuriile pe o tavă. Becka, cine ţi-a spus că ar trebui să schimbi grădina? întrebă el curios.

Iniţial, Becka ridică din umeri ca şi cum problema nu ar fi fost importantă, dar apoi îi răspunse la întrebare ca să-i satisfacă curiozitatea. Îşi amintea că deciseseră să se cunoască mai bine, chiar în astfel de probleme mărunte.

-Păi, cam toată lumea în afară de tine. Cel puţin sora mea, Ariel, mă tot bate la cap în legătură cu grădina. Ea are talent la grădinărit şi consideră că ar trebui să-i accept toate sfaturile pe care mi le dă în legătură cu grădinăritul. Nu înţelege că vreau să mă exprim pe mine însămi, nu vreo carte cu reguli stricte. Nu vreau să am o grădină geometrică, cu rânduri drepte, aliniate ca soldăţeii, şi cu răzoare de flori individuale... Oricum, acesta e un subiect de scandal între noi două aşa că prefer să-l evit.

TREZIREA BECKĂI

Bărbatul veni în spatele ei, îşi petrecu braţele în jurul ei şi o trase cu blândeţe spre el.

-Eşti o fată deşteaptă, Becka. Nu ar trebui să te schimbi pentru nimeni, spuse el sărutându-i creştetul capului mai întâi, iar apoi odihnindu-şi capul pe al ei.

Rămaseră astfel câteva momente care se întinseră în tăcere. Nici unul dintre ei nu dorea să se desprindă şi să strice momentul.

Becka se simţea mulţumită în braţele lui, ca şi cum ar fi aparţinut în acele braţe puternice, care o duseseră tot drumul spre casă şi apoi înăuntru. Se întrebă dacă îl putea face să stea şi să-i ofere mai mult timp pentru a descoperi bărbatul contradictoriu care se ascundea în spatele acelor cuvinte uneori dure, dar care, în fond, era generos în acţiuni şi care o făcea să se simtă mulţumită şi preţuită.

Sunetul ascuţit al cafetierei îi făcu să tresară şi să se despartă şi amândoi izbucniră în hohote de râs la reacţia lor prostească.

-Ei bine, se pare că amândoi ne-am cufundat în gânduri, încercă Bryan să glumească, dar umorul nu îi apăru şi în privirea serioasă, pe care o avea aţintită asupra ei, şi care era plină de un dor indescifrabil, ca şi cum ar fi fost reticent să lase momentul să treacă.

Ea îi zâmbi, cu gândurile ei tot la îmbrăţişarea comfortabilă, de vis, dar într-un final îl împinse la o parte.

-Du-te şi ia loc. Voi aduce tava la masă.

-Nu, tu du-te şi stai jos, iar eu o voi aduce la masă, refuză el, dându-i un ghiont blând ca să o facă să se mişte. Tu tocmai ai alergat o bună parte din maraton, Becka, şi trebuie să te odihnești. Te mai simți în stare să ieși pe lac azi? o întrebă el, îngrijorat de efortul fizic intens pe care-l făcuse în dimineața aceea.

Femeia dădu din cap că da și se îndreptă spre masă, bucurându-se că el nu se aștepta ca ea să îl servească. Încă îi simțea ochii pe ea și se întrebă ce vedea el în ea, dacă îi plăcea felul în care se mișca și cum arăta.

Dându-și seama în ce direcție se îndreptau gândurile ei, se mustră pe sine și aproape că scutură din cap. Niciodată nu se considerase o bleagă care punea bază pe felul în care arăta. Dorea ca lumea să o placă pentru mult mai mult decât atât, dar trebuia să admită că avea o oarecare vanitate care îi inspira nevoia de a fi apreciată și pentru înfățișarea ei, nu numai la nivel intelectual.

Sunetul distant al vorbelor lui Bryan o trezi din visare și își dădu seama că aproape a pierdut ceea ce spusese.

-Vrei zahăr și lapte la cafea, Becka?

-Oh, da, am uitat să pun bolul de zahăr și laptele pe tavă, sări ea de pe scaun gata să se ducă și să-și corecteze greșeala, dar el o opri cu un gest.

-Nu este nevoie să te deranjezi pentru atâta lucru. Numai spune-mi unde pot găsi zahărul și laptele și mă ocup eu de tot, o asigură Bryan.

-Zaharnița este în dulăpiorul de deasupra cafetierei, iar laptele este în latiera din frigider, îi spuse ea, fericită să rămână pe loc și să-l lase să o servească.

Becka nu se putea opri să se gândească, fericită, că el era atât de atent să-i fie ei bine și era dornic să pregătească cafeaua în casa ei. Un zâmbet i se cuibări în colțul gurii la acel gând.

TREZIREA BECKĂI

Bryan deschise dulapul și scoase zaharnița. O examină pentru o clipă și observă cât de mică și delicată era, o piesă albă din porțelan fin cu flori albastre pictate ici colea, atât de bine surprinse încât păreau reale, dar în același timp erau ușor estompate ceea ce le făcea să pară o iluzie. Privind motivul floral, își scutură capul aproape imperceptibil.

Când a scos latiera din frigider, observă același porțelan subțire și delicat, cu același motiv pictat, ceea ce îl făcu să zâmbească.

Avea sentimentul că descoperise o nouă dimensiune a Beckăi, care aparent înclina spre fragil și artistic când venea vorbă despre veselă. Deja văzuse marginile dantelate ale ceștilor de cafea și farfurioarelor, precum și motivul pictat cu zâne ce dansau cu voalurile zburând în vânt.

Lui Bryan îi plăcea acea latură a Beckăi. De fapt, până în acea clipă, nu găsise nimic care să nu îi placă la ea. Chiar și dispoziția ei schimbătoare era înviorătoare.

Grădina sălbatică nu putea fi la un pol mai opus de seturile elegante de ceai din dulap, dar nu se putea opri să simtă că acea contradicție era perfectă pentru Becka, care nu putea fi încadrată într-o singură categorie. Era un spirit liber, gata să-și exprime opiniile și nu lăsa pe nimeni să o intimideze. Cel puțin, nu îl lăsa pe el să o intimideze și acel lucru spunea ceva despre ea, deoarece el știa că avea un talent real să intimideze femeile.

Becka era proaspătă și tânără, dar nu trăncănea la infinit despre lucruri neimportante, care îl făceau să se simtă nelalocul lui sau care îl adormeau din cauza plictiselii. Se temuse că Becka îl va plictisi seara trecută și a fost surprins să vadă că nu s-a întâmplat.

Fusese atât de vioaie şi interesantă, încât el nu mai dorea ca seara să se încheie. Singurul regret pe care l-a avut a fost că a trebuit să o lase să intre în casă şi să închidă uşa în spatele ei când a condus-o acasă în seara de dinainte.

Îi plăcea enorm faptul că nu încerca să pară o zână care numai gusta puţin din nişte frunze de salată, atât cât să nu-şi piardă cunoştinţa. Nu era obsedată să ajungă la măsura dictată de moda timpului şi aceea era de asemenea un lucru deosebit.

El, unul, întâlnise acea calitate rară numai în unele femei trecute de vârsta de şaizeci de ani. Toate celelalte erau hotărâte să se încadreze în măsura doi, iar pentru ca să ajungă acolo erau capabile să facă orice, inclusiv să flămânzească.

El nu putea pricepe ce era în neregulă cu o mărime şase sau opt sau chiar doisprezece. Nu era ca şi cum măsura era cea care conta. Ce se găsea în interiorul pachetului era mult mai important.

O privi pe Becka şi o evaluă o mărime zece, dar aceea însemna că era numai aşa cum natura o crease. Era graţioasă, dar avea rotunjimi exact unde ar fi trebuit, în special în zonele pe care el le aprecia cel mai mult.

La început, Bryan fusese atras de înfăţişarea ei, dar acum tot descoperea noi lucruri şi atracţia pentru ea i se adâncea. Îi plăcea acea Becka care era atrasă spre fantastic şi care alesese tema din *Fălci* ca temă muzicală pentru soneria ei, dar îi plăcea şi Becka care crease o grădină desprinsă dintr-un basm.

Bryan aduse tava la masă şi o plasă în faţa ei. Degetele lui îi îndepărtară o şuviţă rebelă de pe chipul ei, iar apoi luă şi el loc.

-Mâ gândeam să fac un duş după ce bem cafeaua, iar apoi putem pleca în aventura noastră pe apă. Ce spui? îl întrebă ea, zâmbind cu entuziasm şi turnând cafeaua în ceştile ei fanteziste.

-E perfect pentru mine, ridică el din umeri.

După câteva clipe de tăcere comfortabilă, el o întrebă:

-Unde a trebuit să pleci azi dimineaţă?

La început, ea îşi flutură mâna ca şi cum nu ar fi fost important, dar apoi îşi dădu seama că era important pentru el şi decise să-i spună adevărul.

-Ţi-am spus că am nişte veri... Ei bine, vărul meu Jay este un fel de... cartofor, ai putea spune, mărturisi Becka ezitant. Noaptea trecută s-a implicat într-un joc cu nişte indivizi mai dubioşi şi, aparent, ei au crezut că trişa, aşa că l-au bătut zdravăn.

Bryan o privi cu uimire.

-Nu este chiar aşa, explică ea văzându-i gândurile reflectate în ochi. Jay nu trişează, dar are... un anumit talent, să spunem, explică ea cu gesturi largi.

-Ce fel de... talent? o întrebă Bryan privind-o cu intensitate.

-Ei bine... ştie ce cărţi are oponentul în mână, se grăbi Becka să treacă prin explicaţie, sperând că nu va trebui să spună mai mult decât era pregătită să divulge.

-Deci, numără cărţile, începu Bryan să spună, dar ea îl întrerupse cu un scuturat al capului. Nu?

-Nu, răspunse ea.

-Atunci ce?

Ea ezită câteva moment, iar apoi replică nu prea în largul ei:

-El doar ştie ce cărţi ai în mână. El nu trişează, dar... nu ai avea nici o şansă cu el.

-Nu este posibil, Becka, i-o întoarse Bryan. Fie numără cărţile, fie trişează.

Ea îşi scutură capul viguros din nou.

-Nu, nici una, nici alta. Îmi pare rău, nu e locul meu să spun ce face, dar numai nu juca cărţi cu el, da?

Bryan ridică din umeri, convins că ea nu dorea să admită că vărul ei era un trişor care fusese bătut pentru că fusese prins.

-Deci te-ai dus să ai grijă de el sau ce? întrebă el gustând cafeaua.

-Păi, am ajuns acolo pe la trei dimineaţa. Era în stare foarte proastă şi nu voia să meargă la spital... Dumnezeule, el urăşte spitalul chiar mai mult decât mine.

-Deci ai făcut pe Florence Nightingale pentru el sau ce?

Ea aprobă înclinând din cap şi îşi mai turnă puţină cafea în ceaşca ei, adăugând mult lapte şi zahăr, ceea ce îi aduse un zâmbet lui Bryan pe buze. Aceea numai cafea nu mai era. Arăta mai curând ca lapte cu o picătură de cafea.

-Deci ai dormit numai câteva ore noaptea trecută, trase omul concluzia.

Becka iar aprobă dând din cap, dar se grăbi să spună:

-Nu te teme, Bryan, tot vreau să merg pe lac. Poate voi dormi un pic pe punte... Cine ştie? ridică ea din umeri.

Bryan nu spuse nimic câteva momente. Continuă să soarbă din cafea, privind-o şi analizându-i cearcănele de sub ochi.

-Putem merge pe lac altă dată, Becka, dacă nu te simţi destul de bine. Eu unul sunt mulţumit numai să văd că vrei să mergi.

TREZIREA BECKĂI

-Nu, nu, nu, sări ea de pe scaun. În nici un caz! Mi-ai promis că mergem azi, strigă ea la el.

-Ușor, iubire, ușor! Desigur că vom merge dacă vrei să mergem. Mă gândeam numai că arăți prea obosită, spuse Bryan, dar se opri când o văzu scuturând din cap. Mergem, mergem. Du-te și fă dușul acela de care vorbeai, iar apoi mergem, se grăbi el să o împace.

Becka îi sărută buzele cu entuziasm și se grăbi să iasă din cameră, dar el o opri cu o întrebare.

-Becka, ai vreun termos sau ceva? Ai o cafea grozavă și cred că ar trebui să luăm niște cafea cu noi.

-Oh, da, este unul, cred... Știi ce, tu verifică acele dulapuri acolo, îi arătă ea cu degetul spre un rând de dulapuri. Poate că reușești să îl găsești. Când mă întorc, aș putea pregăti ceva de mâncare să luăm cu noi, îi spuse ea veselă.

-Nu este nevoie, Becka, își scutură el capul hotărât. M-am ocupat deja de mâncare. Ți-am spus deja că vom avea un picnic pe lac așa că am tot ce este nevoie în portbagaj.

-Bine, atunci. Tu ocupă-te de cafea, iar eu mă duc să fac duș. Ne vedem în zece minute? spuse ea, iar el simți bucuria din vocea ei.

El începu să râdă din toată inima.

-Ce e așa de amuzant? îl întrebă Becka.

-Tu ești amuzantă, Becka. Zece minute? Hai să fim serioși. Nu am văzut niciodată o femeie să fie gata să părăsească casa în zece minute și tu mai ai de făcut și duș.

-Da? Bine, hai să facem un pariu, îl provocă ea, punându-și mâinile pe șolduri.

El surâse și îi acceptă provocarea.

-Deci îți place să pariezi chiar și atunci când nu este cel mai inteligent lucru?

-Vei vedea, domnule, pufni ea. Pariez zece dolari că mă întorc aici în zece minute, gata de plecare.

El se holbă la ea, gândindu-se că gluma a ținut destul, dar îi văzu expresia rebelă de pe chipul ei și se trezi dând din cap.

-Accept pariul atunci, Becka. Acum fugi, roiul, o împinse Bryan, zâmbind când o văzu fugind din încăpere pe cât de repede putea.

CAPITOLUL 4

BRYAN MANEVRA IAHTUL cu grijă, privind atent peste lac, unde mai multe pânze se înțesau la orizont. Dorea să evite orice fel de probleme sau întâlniri neplăcute din cauza neatenției.

În același timp, era atent și la Becka, care dormea profund sub umbrela pe care o montase pe punte în dimineața aceea înainte de a ridica ancora.

O briză blândă îi ostoia pielea fierbinte. Soarele era sus pe cer, iar aerul era încins. Când și când, un ecou al unui strigăt sau hohot de râs traversa lacul și-i ajungea la urechi. Altfel, totul era tăcut. Avea senzația că se afla în altă lume, doar el singur. Întotdeauna când ieșea pe lac se bucura de fiecare clipă.

Când au părăsit portul, au lucrat împreună, deși el nu avea nevoie de ajutorul cuiva ca să navigheze micul iaht. Cu toate acestea, a descoperit că îi plăcea să muncească cot la cot cu Becka, al cărui entuziasm era contagios.

Femeia chiar știa ce să facă pe un vas și nu se temea să-și murdărească mâinile și să-și folosească mușchii. Era ea mică, dar avea foarte multă energie.

Bryan îi admiră cunoștințele pe care le avea despre pilotarea unui vas și despre navigare, dar și mai mult îi admiră hotărârea de a face totul, chiar dacă era o femeie micuță. Pentru o mână de fată, avea suficientă putere în braţe. Şi chiar dacă era obosită din cauza a ceea ce se întâmplase în acea dimineaţă, avea încă destulă energie să muncească umăr la umăr cu el, înaine de a adormi în culcuşul din umbră pe care el îl aranjase pentru ea.

Navigau deja de două ore, iar el tot se gândea la pariul pe care îl făcuse cu Becka şi pe care îl pierduse. Oricum, nu avea prea multe de făcut în timp ce ea dormea. Iahtul nu reprezenta o provocare prea mare din moment ce ştia deja totul pe de rost şi putea şi să cârmuiască vasul şi să-şi lase mintea să cutreiere pe unde dorea, în acelaş timp.

Pariul acela tot îl sâcâia şi nu pentru că a trebuit să-i dea banii Beckăi. Suma era ridicolă, chiar dacă Becka a sărit în sus şi în jos de bucurie când i-a luat banii. Bryan chiar zâmbi când îşi aminti. Fusese un moment pe care l-a gustat din plin.

Bărbatul nu-şi putea explica motivele, dar ori de câte ori el era cauza acelui zâmbet larg pe chipul ei, simţea un sens de împlinire. Se părea că bucuria ei devenise şi a lui, iar el simţea nevoia să-i ofere şi mai multe motive să se bucure.

Ceea ce-l nedumerea era faptul că niciodată nu văzuse o femeie care să fie gata în mai puţin de zece minute, chiar dacă trebuia doar să meargă pe lac şi nu la un club sau altundeva.

Din experienţă, ştia că femeile aveau nevoie de mult mai mult timp pentru a se pregăti înainte de a pune piciorul afară din casă. Avusese parte de multe ore de aşteptare de-a lungul anilor şi, evident, de frustrarea care mergea mână în mână cu acea aşteptare.

TREZIREA BECKĂI

Spre mirarea lui, Becka nici măcar nu a avut nevoie de toate cele zece minute pe care i le ceruse. Terminase totul în exact opt minute. Bryan i-a măsurat timpul, ceea ce părea extrem de prostesc acum. În exact opt minute, ea deja coborâse de la etaj, pregătită să iasă pe ușă.

Era adevărat că părul îi era încă ud de la duș. Becka nu pierduse prea mult timp, ci numai își pieptănase în grabă părul des și trăsese o pereche de pantaloni kaki și un tricou pe ea. La atât s-au rezumat eforturile ei. Nu risipise nici măcar o secundă din acele opt minute meschine.

Bryan era confuz. Tânăra femeie avea darul de a-l surprinde constant și era convins că ar fi continuat să-l surprindă până la adânci bătrânețe, chiar dacă ar fi petrecut o întreagă viață alături de ea.

Becka era un mănunchi de contradicții. Întru totul, era și timidă și îndrăzneață, și visătoare și pragmatică, cu o înclinație spre filme de groază, în timp ce trăia un basm în grădina ei excentrică cu răzoare fără formă și explozii de culori și flori sălbatice.

Tot descoperea noi lucruri despre ea și absolut totul îl făcea să-și scuture capul de uluire. Știa că mai erau încă multe alte straturi de descoperit, iar el spera să aibă la dispoziție toată viața să facă exact acel lucru.

Bryan era încântat la culme că avusese norocul ca Becka să dea peste el și să-l stropească cu cafeaua ei. Aceea era o șansă pe care nu ar fi avut-o a doua oară. Nu se temea s-o recunoască față de el însuși, în ciuda disperării care i se strecura din când în când în suflet, pentru că trăia cu teama constantă că ea va dispărea într-o bună zi, iar viața lui s-ar fi întors la ceea ce a fost înainte de a o fi cunoscut. Știa că viața îi va fi posomorâtă din nou şi el nu ştia dacă ar fi putut să facă ceea ce a făcut în trecut ori de câte ori s-au întâmplat anumite lucruri, iar drumul vieţii lui s-a schimbat încă o dată.

Era un lucru să nu fie conştient de ceee ce îi lipsea, iar altul să aibă parte de ceva nemaipomenit numai pentru a-l pierde ulterior. Bryan era convins că pe Becka nu o va putea uita la fel de uşor cum a uitat şirul de femei care trecuseră prin viaţa lui înaintea ei.

În mai puţin de douăzeci şi patru de ore, Becka îl marcase cum nu reuşise să o facă nimeni înainte, iar aceasta îl speria. Bryan era un om realist şi nu putea să lase la o parte posibilitatea că ceva atât de bun nu putea dura o veşnicie.

Era Bryan adâncit în gândurile sale, dar tot era el atent la fiecare mişcare a Beckăi. Nu putea să-şi ia ochii de la ea pentru mult timp, aşa că a observat imediat când s-a trezit.

Becka se frecă la ochi ca un copil, iar gestul ei îl făcu să surâdă. Femeia arăta foarte inocentă şi tânără. Nu se machiase deloc şi astfel nu se vedeau nici un fel de urme sub ochii ei, ceea ce lui îi plăcu. Pur şi simplu detesta să vadă urmele de fard sub ochii unei femei la prima oră dimineaţa.

Părul Beckăi stătea în toate direcţiile şi îi dădea alura unui porc spinos. Bryan se văzu nevoit să-şi înnăbuşească râsul, temându-se că ea ar putea să-i interpeteze greşit amuzamentul pentru că era foarte tânără şi sensibilă.

Bărbatul încetini viteza iahtului şi îşi păstră ochii pe ea. Observă că avea o privire absentă şi că neştiind unde se afla, încerca să-şi aducă aminte.

TREZIREA BECKĂI

Observă imediat când Becka şi-a dat seama unde se găsea şi şi-a adus aminte ce căuta acolo. Apoi, se întoarse să-l privească, iar când îl văzu, chipul i se lumină de parcă ar fi fost cu adevărat fericită să-l vadă.

Acel zâmbet fericit de pe buzele ei îl emoţionă profund. Era complet neaşteptat. Inima i se strânse şi el începu să spere lucruri imposibile.

Bryan avea impresia că ei îi plăcea să fie cu el, cel puţin pentru o vreme, pentru că acţiunile ei o demonstrau cu claritate, dar, cu toate acestea, tot nu îndrăznise să spere că ea i-ar zâmbi cu atât de multă bucurie numai pentru că se afla acolo. Mulţumirea pe care o citea în gestul ei îl lovi zdravăn în piept şi aproape că îl lăsă fără răsuflare.

Dorea să spună ceva, să recunoască cât de mult însemna totul pentru el, dar cuvintele nu treceau de nodul pe care îl avea în gât.

Dacă nu ar fi fost suficient de puternic, ar fi plâns de bucurie, iar aceea chiar ar fi stricat totul. Nici unei femei nu-i plăcea un bărbat plângând, indiferent de ce ar fi spus ea. Şi de ce naiba se simţea astfel? Se înghionti mental ca să se adune.

-Ai dormit bine, Becka?

Becka se ridică cu o înclinare a capului şi se îndreptă spre el cu o lumină visătoare în ochi. El îi privi mersul leneş şi-i admiră picioare lungi şi goale care parcurgeau puntea.

Când au ajuns pe iaht, ea îşi scosese pantalonii trei sferturi şi tricoul şi rămăsese numai în costumul de baie de două piese. Bryan nu se putu opri să nu remarce din nou cum costumul acela îi îmbrăţişa curbele ademenitor. Îşi simţi pantalonii strângându-se pe el puţin mai mult.

Nu era deloc înaltă. Îi ajungea numai până la piept și aceea cu pantofii în picioare. În ciuda staturii, picioarele îi erau lungi, iar gleznele suple și grațioase, chiar dacă coapsele nu îi erau tocmai subțiri.

După părerea lui Bryan, nu ar fi avut de ce să se plângă. Întregul pachet era perfect și îngrozitor de tentant pentru un bărbat care își pierdea controlul tot mai mult pe măsură ce trecea timpul.

Becka se opri lângă el și se sprijini de el. Își petrecu un braț în jurul lui și își lăsă capul să cadă pe pieptul lui cu un gest fluid, de parcă ar fi făcut acel lucru ani de zile.

Bryan privi spre creștetul capului ei câteva momente, iar apoi îndepărtă câteva șuvițe de păr, încercând să aducă o oarecare ordine în părul ei ciufulit. Renunță până la urmă și-i ridică bărbia cu degetul mare. O privi câteva clipe, iar apoi, se aplecă și o sărută.

Zăbovi la distanță mică de buzele ei câteva secunde. Dorea să-și ofere timpul să-i inhaleze mirosul dulce și proaspăt, care clar o definea pe Becka.

Numai după ce a așteptat câteva clipe, i-a luat Bryan gura într-un sărut mistuitor. Bărbatul puse în acel sărut tot dorul care îl măcinase de-a lungul celor două ore în care a privit-o dormind în cuibul pe care el l-a creat pentru ea pe punte și în care s-a gândit la cum s-ar fi simțit să o aibă în brațe și să știe că-i aparținea numai lui.

Când Bryan i-a ridicat capul și a privit-o, ochii ei erau tot închiși. Becka se agăța în continuare de el, ca și cum nu și-ar fi putut găsi echilibrul.

TREZIREA BECKĂI

Gura îi era rozalie și buzele ușor umflate, iar pieptul lui Bryan se umflă de satisfacție. Îl mulțumea să vadă că avea un astfel de efect asupra ei pentru că, trebuia să recunoască, micuța femeie îi ținea gândurile și inima în pumnul ei mic.

Gura ei îl tot atrăgea, iar el descoperi că era incapabil să-i reziste. Bryan se aplecă din nou și își trecu buzele peste ale ei ca o părere. Apoi, îi mușcă buza de jos ușor, și ea gemu, iar dorința lui pentru ea crescu în intensitate. Mintea lui deja se gândea să o facă a lui chiar acolo pe punte, când îi auzi șoapta.

-Mi-e foame, Bryan.

Cuvintele ei avură darul să-l lovească cu leuca în cap. Bărbatul doar clipi și se holbă la ea. Becka nici măcar nu deschise ochii, iar degetele încă îi săpau în brațele lui.

Bryan ardea de dorință, iar Becka părea să nu observe absolut nimic. El își scutură capul pentru că nu-i venea să creadă că se întâmpla așa ceva.

-Ești sigură? o întrebă Bryan, strângându-i șoldul, fără să-și dea seama că degetele lui săpau adânc în rotunjimea moale și îi marcau pielea.

Nasul ei tresări din cauza acțiunii lui, iar ochii i se deschiseră larg. Gura îi formă un '*o*' perfect și ea numai îl privi în tăcere câteva secunde. Becka păru incapabilă să spună ceva, dar își regăsi tupeul destul de rapid.

-Am spus că mi-e foame, iar aceasta înseamnă că sunt destul de sigură, Bryan, se încruntă ea la el.

-Tocmai ne sărutam, Becka..., începu Bryan să spună cu reproș, dar ea îl întrerupse, apăsând un deget blând pe buzele lui.

-Şi ce dacă? Nu te pot săruta şi să îmi fie şi foame în acelaş timp? Sau absolut totul trebuie să se întâmple conform unui orar specific pentru tine? îşi ridică ea vocea cu câţiva decibeli, iar el o privi cu ochi uluiţi.

-Uau, asta este o cale sigură să ucizi orice romantism, puiule, o mustră Bryan.

Se simţea ofensat pentru că sperase că şi ea va simţi la fel ca şi el, iar reacţia ei îi călca în picioare sentimentele.

Becka ridică din umeri cu indiferenţă, iar apoi îi dădu drumul la braţe. Făcu un pas în spate şi îl privi drept în ochi.

-Romantismul este super, Bryan, chiar şi pentru mine, dar chiar dacă mă simt romantică, tot pot să mănânc, să ştii, îi replică ea pragmatică.

-În regulă, Becka, ai numai puţină răbdare, vom mânca curând, cedă Bryan resemnat.

Îşi îndepărtă visurile de a face dragoste cu ea pe punte. Becka era plină de surprize, iar el trebuia să-şi ajusteze maniera de a gândi dacă dorea ca relaţia lor să supravieţuiască, iar el chiar dorea acel lucru.

-Curând? De ce nu acum? Acum mi-e foame, să ştii, insistă ea cu sfidare în voce.

-Pentru că mă gândeam să îndrept iahtul acolo, îi explică el răbdător şi îi arătă o insulă nu prea departe. Mă gândeam că am putea avea picnicul pe ţărmul acelei insule. Sunt sigur că ţi-ar place mai mult să mănânci acolo decât aici pe punte, continuă el pe un ton sec. Mie, unul, mi-ar place, mormăi el pe sub barbă.

Becka privi spre insulă umbrindu-şi ochii cu palma. Apoi, privi la puntea iahtului cu nehotărâre.

-Este tentant, nu spun nu, murmură ea, privind înapoi spre el, dar nu vei putea să acostezi acolo, așa că discuția nu are sens, spuse ea mai tare. Așa că putem mânca aici, chiar dacă nu este la fel de idilic, trase ea concluzia, nerăbdătoare să mănânce.

Nu mâncase nimic din seara precedentă și deja își folosise prea multă energie.

-Nu chiar, îi spuse Bryan, continuând să cârmească vasul la viteză maximă spre insulă. Este un doc acolo, așa că pot acosta iahtul fără probleme.

Vocea continua să îi fie uscată, semn că era cam necăjit de scena făcută de ea. El înțelegea că Becka nu luase micul dejun și că deja făcuse destul de mult efort în dimineața aceea, dar era sigur că nu va muri de foame dacă mai aștepta câteva minute.

Femeia ridică din umeri din nou. Se părea că acela era unul din obiceiurile ei, iar el îl găsea atrăgător. Apoi se duse și se așeză pe banca de lângă cârmă, privind orizontul.

-Ești supărată sau ce? întrebă Bryan cam deconcertat de brusca ei schimbare de atitudine.

Nu se prea descurca el cu schimbarea de dispoziție a femeilor și de obicei încerca să iasă din linia de foc ori de câte ori așa ceva se întâmpla. De data aceasta, însă, simțea nevoia să înțeleagă ce nu mergea. Investise enorm din el însuși în acea relație fragilă și nu dorea să o piardă.

-Nu, de ce întrebi? întrebă Becka, făcându-și de lucru cu pătura de pe banchetă, pretinzând că se concentra pe împachetarea ei, pentru a putea să-i evite ochii lui Bryan.

-Nu știu, îi răspunse Bryan pe un ton la obiect. Pari pur și simplu supărată. Nu mai arăți fericită cum ai părut mai devreme și pari să ai o dispoziție proastă. Plus, ai ridicat vocea, sublinie el.

Becka îl privi şocată. Nu reuşi să-i răspundă câteva secunde, dar apoi spuse:

-Nu am o dispoziţie proastă.

Bryan nu mai spuse nimic. Se gândi să o lase în pace, sperând că va fi ea însăşi din nou după ceva vreme.

-Bine, bine, sări ea de pe bancă necăjită. Acum ştii! îşi aruncă ea mâinile în aer dramatic, iar apoi se îndreptă cu paşi apăsaţi spre cealaltă parte a iahtului, unde el nu mai putea să o vadă la fel de bine.

Bryan privi după ea cu uluire, ba chiar îşi lungi gâtul să o vadă mai bine, iar după câteva secunde de gândire, îndrăzni să întrebe:

-Să ştiu ce?

Becka se întoarse cu paşi mici şi ezitanţi. Mâinile îi erau prinse la spate şi capul îi atârna în jos. Îşi muşca buza inferioară, preocupată, încercând să-şi formuleze răspunsul.

-Nu sunt în cea mai bună formă când mă trezesc, Bryan. Trebuie să-mi dai puţin spaţiu câteva minute, iar apoi totul este din nou bine, mărturisi ea pe o voce mică, ca şi cum ar fi admis că a comis un păcat capital.

Bryan surâse, uşurat că nu era altceva la mijloc şi că el se îngrijorase, de fapt, pentru nimic. Întinse mâna să o tragă pe Becka spre el.

-Haide, pui, nu este cine ştie ce. Atâta timp cât ştiu despre ce este vorba, nu este o problemă. Îţi pot da cât de mult spaţiu ai nevoie.

Ea îi luă mâna şi se apropie de el.

-Ştiu că sunt ca un porc spinos când mă trezesc, Bryan. Nu că vreau să fiu, doar ştii, dar... aşa sunt.

TREZIREA BECKĂI

-În mai multe feluri, nu numai unul, spuse Bryan pe sub barbă, dar ea îl auzi şi privi în sus la el încruntată.

-Ce vrei să spui?

El încercă să evite să mai spună altceva. Nu dorea să o irite mai mult decât o iritase deja, dar ochii ei se fixaseră pe el şi cereau un răspuns.

Bărbatul se foi câteva clipe, încercând să câştige timp şi să găsească ceva mai puţin jignitor de spus, dar nu găsi nimic altceva, aşa că decise să-i spună adevărul.

-Părul tău, îşi fluturâ el degetele în jurul capului ei. Arată ca... arăţi ca un porc spinos, spuse el într-un final.

Becka icni de necaz şi încercă să-şi netezească părul cu ambele mâini, dar nu reuşi.

-La naiba, nu ar fi trebuit să sar peste balsam azi dimineaţă, se plânse ea.

Bryan râse când îi auzi jalea din voce. Beckăi chiar îi plăcea să reacţioneze dramatic. Aceasta, în mod normal, ar fi trebuit să-l facă să fugă în direcţie opusă, dar surprinzător, el o găsea din ce în ce mai interesantă şi demnă de iubit pe măsură ce trecea timpul, iar aceasta chiar părea ciudat.

Nu era el însuşi, cel care a fost înainte de a o întâlni, iar aceasta era neliniştitor. Îşi scutură capul şi abandonă acel gând, temându-se de concluziile la care ar fi ajuns.

-Deci, dacă înţeleg bine, ai sărit peste folosirea balsamului ca să ajungi jos la timp? remarcă el şi nu fără maliţiozitate.

-Bine, râzi cât de mult vrei, i-o întoarse ea cu mâinile pe şolduri. Nu eram sigură că voi termina în zece minute, recunosc. Balsamul necesită trei minute să-l aplici, se răsti ea, încercând în acelaş timp să-şi netezească coama de păr sălbatec.

-Mda, ai fi fost un minut în întârziere, replică Bryan, continuând să zâmbească. Ar fi fost chiar atât de dramatic? se interesă el.

Pentru o clipă, Becka îşi opri gesturile agitate şi îşi ridică privirea la el. După câteva secunde, îi replică, ochii ei privindu-l cu seriozitate:

-Da, Bryan, foarte dramatic. Nu-mi place să pierd, îşi încreţi ea nasul, iar apoi se gândi să mai adauge ceva. Cred că mai bine afli că nu ştiu să pierd, Bryan... Tot mai vrei să ai acel picnic cu mine? întrebă ea pe o voce mică.

Bryan se întinse şi o prinse de mână din nou. O trase apoi într-o îmbrăţişare de urs, iar ea icni surprinsă. Nu îi dădu drumul, ci o adună mai aproape de el, şi îi şopti în păr.

-Eşti perfectă, Becka, chiar perfectă. Desigur că vreau să merg la picnic cu tine, puiule, continuă el, capul lui atingându-l pe al el.

Îi inspiră aroma proaspătă a părului şi se mulţumi să lase timpul să treacă pe lângă ei.

Dar Becka abia putea respira. Bryan nu părea să-şi cunoască puterea, iar îmbrăţişarea lui era foarte strânsă. În ciuda acelui fapt, Becka începu să zâmbească în cutele cămăşii lui, fericită că nu fusese deranjat de toanele ei sau de confesiunea pe care tocmai o făcuse.

Bryan o mai ţinu strâns la piept încă câteva momente, până ce găsi puterea să îi dea drumul şi să se întoarcă la cârmă. Ea primi cu bucurie răgazul oferit pentru a-şi umple plămânii cu aer.

-În câteva minute vom fi acolo, Becka, arătă el spre docul care acum părea foarte aproape.

TREZIREA BECKĂI

Becka privi peste suprafaţa apei şi observă că se îndreptau spre un doc care părea în foarte bună condiţie. Din ce putea ea vedea, cineva avusese mare grijă de el. Nu era unul dintre docurile lăsate să putrezească în soare şi sub ploi.

-Cred că acel doc îi aparţine cuiva, Bryan. Nu se vor plânge dacă acostăm acolo? îşi aruncă ea privirea spre el interogativ.

El îşi flutură mâna pentru a-i îndepărta orice grijă şi îi spuse că de fapt docul îi aparţinea unui prieten de-al lui care îl lăsa să-l folosească ori de câte ori dorea.

-Şi mai bine de atât, nici măcar nu este aici, aşa că avem locul în întregime pentru noi. Nimeni nu ne va deranja toată ziua.

Îşi întoarse apoi atenţia la manevrarea iahtului pentru că ţărmul era aproape acum.

-Mă lasă şi să-i folosesc casa din când în când, aşa că dacă te saturi de soare şi de lac, putem merge acolo să stăm pe verandă sau putem merge înăuntru să ne întindem într-un pat.

Becka îl privi cu îndoială în ochi, dar se mulţumi doar să dea din umeri. Hotărâse să-l lase să-şi păstreze iluziile. Nu-i plăcea să distrugă speranţele nimănui, dar cu toate acestea era sigură că nimeni nu ar fi fost într-atât de generos încât să îşi lase prietenul să vină şi să plece de la ei de-acasă când şi-o doreau.

Ea era destul de apropiată de verii ei, dar nu credea că vreunul dintre ei ar fi fost bucuros să le treacă prin casă oricând şi-o dorea ea, dacă nu erau şi ei acolo, de asemenea. Era mai mult ca sigură că s-ar fi supărat dacă ar fi adus un prieten cu ea şi l-ar fi invitat în patul lor.

-Crezi că ar trebui să mă îmbrac? îl întrebă Becka, pentru că nu ştia la ce să se aştepte când ar fi coborât de pe vas.

Bryan își scutură capul. O asigură din nou că erau singuri acolo și că nu trebuia să se teamă că vor întâlni pe careva.

Încetini când se apropie de doc pentru a acosta și mânui iahtul cu ușurință profesională, ceea ce o făcu pe Becka să zâmbească cu mândrie. Lui îi surâse gestul ei. Îi plăcea să vadă că ea era mândră de ce făcea el, chiar dacă era ceva atât de nesemnificativ ca acostarea vasului.

Lui Bryan îi plăcea atitudinea ei față de el. Prețuia până și momentele când ea se supăra pe el, pentru că, în mintea lui, aceea însemna că femeia într-adevăr se obosea să-l vadă pe el, bărbatul, oricât de ciudat suna acel lucru chiar și în urechile lui.

CAPITOLUL 5

BRYAN O AJUTĂ PE BECKA să coboare de pe vas, cărând în acelaș timp un coș de mâncare și un mic răcitor în cealaltă mână. Nu era un coș prea mic, iar gândurile Beckăi începură să clocotească în momentul în care l-a văzut, încecând să ghicească ce lucruri delicioase ascunsese el înăuntru.

Becka abia aștepta să ia parte la picnicul pe care el îl pregătise, dar tot se întreba de ce Bryan nu o lăsa să ducă nimic. După cum se vedea, el avea deja prea multe lucruri de făcut în acelaș timp.

Omul chiar își drapase o pătură pe umăr, iar cu cealaltă mână plasată pe partea de jos a spatelui ei, o ghida înspre un pâlc de copaci aflat la o distanță mică de țărm.

-Îmi amintesc că este o pajiște plăcută acolo, chiar în fața acelor copaci, îi explică el. Este o zonă bună pentru un picnic, Becka, vei vedea. Putem vedea și lacul de acolo și, dacă îmi amintesc bine, ție îți place să privești bărcile, deși trebuie să-ți spun că, din păcate, nu trec prea multe bărci pe aici. Insula este destul de retrasă. Nu se află în zona cu mult trafic. De asemenea, vom putea sta și la umbră. Uite, copacii aceia de acolo oferă umbră așa cum trebuie, își luă el mâna de la spatele ei și arătă în depărtare. Cred că acela este locul perfect pentru picnicul nostru. Iar mai târziu, dacă nu vrei să mergi în casă, ne putem întinde pe pătură acolo şi nimeni nu va ştii nimic, continuă el să trăncănească.

Becka îi ascultă cuvintele şi zâmbi. Nu putea însă să nu se minuneze că el vorbea atât de mult. Nu părea genul de bărbat căruia să-i placă să tot trăncănească despre lucruri mici, insignifiante. Părea să fie nervos, iar ea nu înţelegea de ce.

Bănuia ea că ceva nu era exact ce părea să fie. Dar cu toate acestea, nu se simţea în nici un fel de pericol, aşa că împinse gândul la o parte.

Bryan nu o lăsă să-l ajute cu întinsul păturii sau cu aranjarea mâncării. El pur şi simplu a invitat-o să se aşeze în umbra unui copac şi să aştepte ca el să pregătească totul.

În momentul în care a început să despacheteze mâncarea, papilele ei gustative se treziră la viaţă. Îi plouă în gură la mirosul puiului suculent înconjurat de un munte de cartofi prăjiţi şi ea oftă din cauza anticipării plăcerii. Salata Caesar, care ieşi din coş după aceea, arăta destul de gustoasă, dar nu putea să se compare cu acea caserolă care conţinea puiul pregătit în casă şi cartofii prăjiţi acoperiţi de brânză rasă. Bărbatul se întrecuse pe sine.

Bryan râse când ea îşi linse buzele cu entuziasm, privind la toate mâncărurile etalate.

-Hai să mâncăm, iubito, şi ţine minte că am şi desert, aşa că în mod sigur trebuie să păstrezi loc şi pentru el. Îţi va place, Becka, îţi promit, spuse el şi o luă de mână.

Becka se aşeză pe pătură şi îi lovi mâna jucăuş. Apoi se întinse şi luă una din farfuriile de plastic pe care el le pusese lângă coş pe pătură şi îşi umplu farfuria vârf cu pui şi cartofi.

TREZIREA BECKĂI

Tocmai terminase să-şi umple farfuria, când el scoase capacul de pe un recipient care conţinea salată grecească, care era salata ei favorită. Uită de salata Caesar imediat.

-Oh. Nu am lăsat nici un pic de spaţiu pentru asta pe farfuria mea, şi chiar vreau din ea, se bosumflă ea din cauza dezamăgirii, uitându-se la salata care îi tot făcea cu ochiul.

-Nici o problemă, putem amândoi să mâncăm de aici, nu-i aşa? o asigură el şi puse salata între ei doi.

Îşi încrucişă picioarele, copiându-i poziţia, iar apoi puse şi el nişte pui din caserolă pe farfuria lui.

Becka dădu din cap şi atacă mâncarea cu ardoare. Aromele îi amplificaseră foamea. Bryan o privi mâncând câteva momente, iar apoi, cu un zâmbet plin de sine pe buze, începu să mănânce şi el.

-Tu găteşti? îl întrebă ea, gustând din puiul pregătit cu unt, lămâie şi nişte ierburi pe care nu se obosi să le identifice.

Gustul era excelent şi aceasta era tot ce conta. Era curioasă unde îl găsise, dar se decise să meargă cu prima ei supoziţie că el l-a pregătit.

-Da, gătesc. A trebuit să învăţ să gătesc din moment ce îmi place să mănânc şi m-am săturat de mâncarea la pachet, replică el dând din cap. Îţi place? o întrebă el mai apoi.

-Oh, este fantastic. Chiar uimitor... Eu nu pot găti, Bryan, spuse ea brusc cu regret.

Bryan îşi aruncă privirea spre ea surprins oarecum de confesiunea ei bruscă. Becka părea într-adevăr supărată de ceea ce mărturisise. Acea dezamăgire sinceră pentru ceva atât de neimportant îi aduse un zâmbet pe buze.

El îi mângâie braţul şi o consolă.

-Nu este o problemă, Becka. Probabil că poți face alte lucruri. Nu e ca și cum te-aș dori în fața sobei gătind..., spuse el, iar cuvintele lui rămaseră suspendate între ei doi. Oricum, te vreau altundeva, mormăi el, dar auzul ei fin o ajută și de data aceasta și Becka izbucni în râs, plesnindu-l peste braț cu inima ușoară.

-Ești un băiat tare obraznic, Bryan, reuși ea să spună printre hohote de râs.

Bryan privi la ea și decise să-și încerce norocul:

-Obraznic, obraznic, dar ai ceva împotrivă la ceea ce gândesc?

Ea îl privi câteva moment, părând să se gândească la întrebarea lui, iar apoi își scutură capul. O roșeață ușoară îi coloră obrajii și el surâse. Îi plăcea să o vadă roșind. Candoarea ei era înviorătoare și îl făcea să se simtă mai viril, ceea ce nu-l deranja defel.

După o scurtă pauză, conversația se îndreptă spre lucruri nesemnificative, împletită cu lungi perioade de liniște. Acea liniște nu părea să-l deranjeze pe nici unul dintre ei. Se simțeau destul de bine unul cu celălalt și nu simțeau nevoia să umple tăcerea cu trăncăneală fără sens.

Faptul că erau împreună, împărțind mâncarea gustoasă între ei doi și bucurându-se de aerul de pe lac părea să fie suficient și pentru Becka și pentru Bryan. Se simțeau bine unul în compania celuilalt și acesta era lucrul care conta.

Ziua devenea din ce în ce mai fierbinte, dar umbra copacilor le oferea o oază departe de aerul fierbinte. Briza care sufla din când în când îi răcorea și mai mult.

TREZIREA BECKĂI

În depărtare, pânzele ambarcațiunilor presărau suprafața lacului, dar zgomotul orașului nu ajungea la ei. Aveau impresia că se găseau în izolare, în propriul lor paradis, doar ei doi, liberi să vorbească despre tot și nimic, liberi să se sărute, ori de câte ori simțeau nevoia, sau să-și ofere unul altuia bucăți de pui suculent din când în când, râzând ori de câte ori unul dintre ei scăpa mâncare pe jos.

După ce s-au săturat de felul principal, Bryan scoase capacul de la un recipient cu două felii mari de prăjitură cu trei straturi de ciocolată, iar ochii Beckăi se lărgiră. Avea o slăbiciune pentru prăjitura de ciocolată, în special când venea în trei straturi groase de ciocolată.

Atacă prăjitura cu entuziasm chiar dacă era deja sătulă. Becka nu fusese niciodată capabilă să refuze o prăjitură de ciocolată. Era blestemul vieții ei sau cel puțin unul dintre ele. Nu putea trece pe lângă un asemenea desert desăvârșit și își exprimă aprecierea pentru gustul lui în organizarea picnicurilor.

După o vreme, Bryan se sprijini de trunchiul unui copac cu ea cuibărită strâns în brațele lui, bărbia lui odihnindu-se pe creștetul capului ei.

Becka își închise ochii și cu un oftat de mulțumire adormi din nou, simțindu-se protejată în brațele lui puternice care o țineau strâns la pieptul lui.

Bryan îi simți pieptul ridicându-se și căzând sub brațele lui, iar respirația ei ușoară îl ademeni la somn, de asemenea, făcându-l să uite de mâncarea lăsată afară pe pătură.

O veveriță neagră privise festinul întins pe pătură de ceva vreme, de pe o creangă aflată deasupra capetelor lor. Când consideră că drumul era liber, iar ea era în siguranță pentru că fiinţele umane nu mai erau conştiente de ce se întâmpla în jur, coborî din copac şi fură o bucată de pui şi fugi cu ea. Nimeni nu remarcă.

BECKA DORMI VREO ORĂ şi jumătate şi se trezi revigorată şi gata să atace lumea din nou. Îşi dădu seama că se găsea tot în braţele lui Bryan şi îşi întoarse capul pentru a privi în sus spre el. El era deja treaz şi o privi direct în ochi.

Schimbarea din respiraţia Beckăi îl trezise şi pe el, iar Bryan aştepta acum să vadă ce dorea ea să facă. De asemenea, îşi amintea ce se întâmplase pe iaht mai devreme, şi nu dorea o repetare a certii aceleia stupide pe care o avuseseră.

Nici una dintre certurile lor nu aveau substanţă. În mare parte, nu erau decât rezultatul unor interpretări greşite, iar el le considera numai o pierdere de timp şi îşi propuse să evite astfel de certuri pe cât posibil. Miza era prea mare pentru el şi nu dorea defel să-şi piardă şansa ce i se dăduse când o întâlnise.

Becka îşi ridică mâna şi, ezitând, îi atinse chipul cu degetele. Degetele ei trecură peste barba care îi umbrea faţa, iar apoi îi atinse cicatricea. Îl simţi încordându-se pentru o clipă, dar când degetele ei continuară să-i traseze conturul feţei, el se relaxă. Apoi ea se întoarse în braţele lui şi se aşeză în faţa lui în genunchi.

Amândoi se priviră intens. Nu schimbară nici un cuvânt. Becka se aplecă uşor în faţă şi îşi puse mâinile pe pieptul lui, iar degetele ei începură să-l exploreze.

TREZIREA BECKĂI

Bryan îşi lăsă mâinile să i se odihnească pe şodurile ei, aşteptând să vadă ce avea ea de gând, chiar dacă degetele ei cutreierătoare aveau un efect înnebunitor asupra sistemului său şi deja simţea cum focul se încingea înlăuntrul lui.

Ezitant, Becka se aplecă în faţă şi îşi lipi buzele de ale lui pentru un sărut scurt, iar apoi îşi ridică privirea spre ochii lui. El o privea la rândul lui, iar genele coborâte îi acopereau ochii aproape pe jumătate.

Ea decise să fie mai îndrăzneaţă şi îl sărută din nou. De data aceasta, limba ei trasă conturul buzelor lui temeinic, învăţându-le gustul şi forma.

Acel gest a pus capăt iniţiativei ei. Bryan îşi pierdu răbdarea şi o trase în braţele lui brusc, iar apoi o coborî pe pătură. Îi acoperi trupul cu al lui şi o sărută cu tot dorul ce i se adunase în piept încă din ziua precedentă.

Era pentru prima dată când era atât de excitat la gândul de a avea o femeie în braţele sale şi când simţea atâta nerăbdare să o posede. Nici măcar ca adolescent nu fusese atât de înfierbântat la ideea de a face dragoste cum era acum.

La început, Bryan încercă să se controleze şi se concentră să exploreze buzele Beckăi cu ale lui. Numai după ce lă memoră textura şi le simţi tremurând sub ale lui, merse mai departe şi începu să-i exploreze întreaga gură.

Limba lui se strecură încet printre buzele ei depărtate şi dansă peste a ei, iar el se lăsă invadat de savoarea şi textura ei unică.

Bryan nu se grăbi defel, ci o gustă pe îndelete. Dorea să se bucure de fiecare secundă şi să se scufunde în plăcerea pe care ea i-o oferea.

Gesturile lui erau măsurate și încete, menite să ademenească și să seducă. Degetele lui bătătorite îi alintară chipul, iar apoi i se împletiră în coama ei care tot mai stătea în toate părțile într-o frenezie de culoarea mierii.

El își împinse pelvisul în ea cu putere, iar ea icni din cauza șocului mișcării lui, dar sunetul se pierdu în gura lui vorace.

Departe de a fi satisfăcut, el continuă să facă dragoste cu buzele ei în timp ce mâinile îi alunecară de-a lungul gâtului și brațelor ei, lăsând în urma lor mici șocuri electrice și frisoane.

Mângâierile lui Bryan o tulburau pe Becka în profunzime. Tremura lângă el, iar într-un moment de luciditate, Bryan își ridică capul și o privi.

-Dacă nu vrei să continui, spune-mi acum. Nu știu dacă voi fi capabil să mă opresc mai târziu, Becka, recunoscu el pe o voce aspră.

Becka dădu din cap ca să-i confirme că dorea ca el să continue cu torturarea simțurilor ei. Timiditatea îi străluci în ochi și atinse o coardă ascunsă în inima lui Bryan.

Tânăra femeie nu găsea cuvintele să-i spună ce dorea. Becka nu era nici măcar sigură dacă mai existau cuvinte pe undeva în mintea ei. Pur și simplu, se scufundase într-o mare de senzații. Chiar dacă ar fi vrut să spună ceva, nu ar fi putut pentru că își simțea gâtul strâns. Nu putea decât să geamă incontrolabil, deși acele sunete nici măcar nu se înregistrau în urechile ei.

Ceva ciudat se întâmpla înlăuntrul trupului ei, dar era ceva ce se simțea minunat, iar Becka dorea ca el să continue să o atingă cu acea pasiune intensă pe care i-o putea vedea în ochi.

TREZIREA BECKĂI

Ochii lui Bryan își pierduseră acea strălucire de gheață pe care o observase ea mai înainte. Acum, irișii de un albastru rece se închiseseră la culoare și o lumină neobișnuită mocnea în pupilele lui. Becka se simți mândră de sine pentru că ea era cea care pusese acea lumină fierbinte în ochii lui.

Bryan o privi fix încă o clipă, pentru a se asigura că se simțea în largul ei cu ceea ce urma să se întâmple între ei, iar apoi o adună în brațele lui. Voia ca și ea să-i simtă dorința crescută pentru ea și să îi permită tensiunii care-i copleșise trupul să se strecoare în corpul ei.

El îi sărută din nou buzele, iar apoi le ronțăi de câteva ori înainte de a-și adânci sărutul pentru a-și satisface nevoia copleșitoare de a deveni una cu ea.

Becka își înconjură brațele în jurul gâtului lui și primi cu bucurie fierbințeala trupului lui. Pielea o furnica peste tot, iar ei îi era dor de atingerile lui. Când dinții lui îi mușcară pielea fină a gâtului, ea oftă și renunță la orice gând coerent.

Becka uitase complet că se găseau afară, întinși pe o pătură, și că era posibil ca o barcă să treacă destul de aproape de țărm, iar ei ar fi putut fi văzuți. Era numai conștientă de nevoia ei tot mai puternică ca acel bărbat să-i îndeplinească toate fanteziile și să pășească alături de el în viața de adult. Abandonă totul în mâinile experte ale lui Bryan și îi permise să îi modeleze trupul cu atingerile lui.

Bryan îi scoase partea de sus a costumului ei de baie și își umplu mâinile cu sânii ei rotunzi. Îi ținu în palme câteva clipe, iar apoi își frecă obrazul de pielea fină a unuia dintre ei, degetele lui săpând îi pielea mătăsoasă.

Becka se înfioră când îi simți asprimea bărbii. Se arcui pentru că nevoia de a-l avea mai aproape devenise și mai intensă, iar mișcarea ei îl încurajă și pe el să fie mai îndrăzneț.

Limba îi trecu peste sfârcul ei, care se ridică timid sub atingerea lui. Bryan îl linse lent, tachinându-l, iar ea își simți trupul în flăcări. Becka gemu și închise ochii. Satisfăcut cu răspunsul ei, îi luă sfârcul în gură flămând, dornic să se sature cu aroma și gustul ei.

Prima atingere a limbii lui îi declanșă vibrații profunde în partea inferioară a corpului ei. Trupul i se încordă ca un arc, iar fiecare fibră nervoasă din trupul ei strigă, nerăbdătoare să fie eliberată de acea tensiune.

Senzațiile pe care le trăia erau ascuțite, iar durerea era însoțită de plăcere. Dorința îi crescu înzecit. Când începu să-i sugă sânul mai puternic, ea strigă tare, incapabilă să mai controleze tensiunea adunată în interiorul ei.

Toate senzațiile care îi asaltau simțurile erau puternice și copleșitoare. Nu mai avea nici un control asupra lor și avea senzația că a fost aruncată în ochiul unei tornade.

Bryan îi eliberă sânul, iar ea respiră ușurată. Tensiunea deveni mai suportabilă, dar ușurarea ei dură numai o clipă. El se mută la celălalt sân, iar agonia dulce începu din nou.

Acum degetele lui se jucau și cu sfârcul extrem de sensibil pe care deja îl torturase cu gura lui. Îl învârtea între degete, iar din când în când degetele i se strângeau pe el mai tare și trăgeau brusc de el.

Becka nu mai era capabilă să-și dea seama de ce i se întâmpla. Nu mai putea să se concentreze pe o senzație anume. Pielea o furnica peste tot, iar oceanul de senzații din partea de jos a abdomenului devenise deja o furtună volatilă care o rupea în bucăți. Ceea ce simțea devenise atât de intens încât acum gemea constant și începuse să se zvârcolească incontrolabil sub trupul lui.

Nu știa dacă dorea ca Bryan să continue sau dacă dorea ca el să se oprească, pentru ca ea să poată evada din multitudinea de senzații ce o bombardau din toate părțile, transformând-o într-o masă de emoții care îi îndepărtase orice gând rațional din mintea ei.

După ce i-a supt sânul până ce ea a ajuns aproape de delir, buzele lui începură să cutreiere în jos pe trupul ei, iar limba lui atingea câte un loc sau se învârtea peste altul, dinții lui mușcându-i pielea ușor, provocând frisoane cutremurătoare prin tot trupul ei.

Becka își împleti degetele în părul lui pentru că avea nevoie de susținere ca să treacă prin furtuna de senzații care îi devastau corpul.

Când și-a scufundat limba în buricul ei, ea aproape că sări de pe pătură. Imediat, degetele lui săpară în șoldurile ei pentru a o ține pe loc, prizonieră a acțiunilor lui, incapabilă să refuze ceea ce el îi oferea.

Deja Becka se pierduse complet într-o mare de senzații ascuțite, iar ochii îi erau închiși. Se mișca sub el ritmic fără ca măcar să-și dea seama. Mișcările ei făceau totul mult mai dificil pentru el. Abia se controla să nu plonjeze înăuntrul ei și să ia ceea ce dorea cel mai mult.

Când ajunse la marginea bikiniului ei, îl coborî încet și alintă cu generozitate și pasiune fiecare milimetru de piele descoperit. Limba i se învârtea în locuri pe care ea nu le-ar fi crezut sensibile la atingerea lui.

Becka îi dădu drumul la păr şi se ridică, proptindu-se în coate. Cu ochii largi, şocaţi, îl privea atent, muşcându-şi buzele cu nervozitate. Nu dorea ca el să se oprească, dar nu era nici sigură că dorea ca el să-şi continue călătoria spre sud.

Bryan îi observă mişcarea şi crezu că probabil ea a decis să nu meargă mai departe. Becka era excitată, aceasta era adevărat. Dar, totul era nou pentru ea şi ea era copleşită de nesiguranţă.

Bryan îi scoase bikiniul cu o mişcare grăbită, iar apoi privi spre ea, ochii lui întrebând-o ce dorea.

La început ea nu spuse nimic, ci numai se uită fix la el. După câteva secunde de ezitare, dădu din cap ca să-i arate că era de acord ca el să continue, iar ca răspuns primi un zâmbet lipsit de orice milă. Acel zâmbet al lui îi provocă teama şi nesiguranţa pentru ceea ce urma.

Nu era ca şi cum nu ştia ce urma să se întâmple. Avea o idee generală despre ce implica actul în sine, dar nu ştia la ce să se aştepte cu exactitate. Dar ştia cu siguranţă că nu îi putea spune *'nu'* lui Bryan.

Becka într-adevăr voia să facă dragoste cu el. Luase deja acea hotărâre cu o zi înainte, iar trupul ei i-a urmat exemplul în momentul în care Bryan a sărutat-o în acea după-masă.

Bryan a împins-o cu blândeţe înapoi pe pătură şi îşi coborî capul peste locul intim pe care abia îl descoperise. Când i-a simţit faţa atingându-i coapsa, deveni conştientă că acum el îi putea mirosi excitarea, iar Becka se înroşi violent.

Era fericită că el nu îi putea vedea chipul. Îi era jenă că se comporta cu o asemenea lipsă de sofisticare, dar erau anumite lucruri pe care chiar nu le putea controla.

TREZIREA BECKĂI

Degetele lui Bryan se plimbară peste trupul ei de-a lungul câtorva secunde pline de tensiune. Mâinile îi alunecară în sus și în jos pe coapsele ei, într-o mișcare înceată și înnebunitoare, degetele lui cercetătoare lăsând în urmă o dâră de frisoane, ori de câte ori îi strângeau sau alinau mușchii.

Când simți că excitarea ei a crescut, îi desfăcu picioarele cu blândețe, iar apoi îi mângîie interiorul coapselor, începând de la genunchi, mâinile lui alunecând înfiorător de încet în sus, până ce degetele i-au atins partea de jos a abdomenului. De-acolo, degetele îi alunecară peste punctul ei focal ca o iluzie, iar ea se cutremură din nou.

De data aceasta, nevoia ei avea și o tentă de urgență. Becka îi prinse capul cu mâinile, gata să-l tragă în sus la ea.

Cu toate acestea, el avea altceva în minte. Lui Bryan nu-i păsă de intenția ei de a-l trage înapoi spre gura ei, ci își îngropă nasul în acel loc pe care își dorise să-l atingă de-a lungul întregii zi, și îi inspiră aroma. Limba lui se afundă în ea și începu să facă dragoste cu ea, făcând-o să își piardă ultima rămășiță de rațiune.

Becka simțea deja că aluneca într-un abis. Avea senzația că șocuri electrice îi excitaseră fiecare terminație nervoasă din piele, iar fiecare trecere a limbii lui peste punctele cele mai sensibile făcea totul și mai greu de suportat.

Încă o dată, Becka pierdu orice gând coerent și mai putu doar să repete fără răsuflare:

-Te rog, te rog, te rog!

Nici măcar nu își dădea seama că îl implora. Becka nu știa dacă dorea ca el să înceteze cu acele atingeri înnebunitoare, pentru că nu îi mai suporta asaltul, sau dorea ca el să continue cu tortura lui excitantă.

Ea deja atinsese un punct unde nu mai era capabilă să facă nimic decât să simtă. Nu mai putea gândi defel. Instinctul și plăcerea înlocuiseră rațiunea și, undeva în subconștient, se temea că se pierdea pe sine în acea masă de emoții pe care nu o putea stăpâni.

Ori de câte ori limba lui talentată atingea acel punct sensibil, pe care degetele sale îl mângâiaseră și rotiseră pentru o vreme ce părea o mică eternitate deja, Becka simțea explozii peste tot înlăuntrul abdomenului ei.

Degetul mare al lui Bryan atinse pe neașteptate un ghem de terminații nervoase, și în acelaș timp gura lui se concentră pe acel loc atât de sensibil, aruncând-o în vâltoarea unor noi senzații orbitoare.

Când exploziile din ea deveniră prea violente, ea strigă și degetele i se înfipseră în părul lui și traseră cu putere. Partea inferioară a corpului i se ridică complet de pe pătură, căutând să întâmpine atențiile lui generoase

Bryan își ridică capul și o privi. În acelaș timp, degetul lui mare apăsa în interiorul ei, iar satisfacția îi umplu sufletul când observă că ea se abandonase complet plăcerii pe care el i-o putea oferi. Cu același zâmbet nemilos pe buze, se întoarse la acel punct atât de sensibil și îl alintă tandru cu limba, până ce ea se calmă.

Când a simțit că tensiunea i-a părăsit corpul, Bryan privi chipul înroșit al Beckăi și buzele care îi tremurau. Nu încetă însă să-i atingă coapsele și abdomenul cu atingeri lungi și liniștitoare, degetele lui masându-i trupul sau săpând în mușchii ei din când în când.

Bryan își mai coborî o dată capul, iar buzele lui presărară săruturi blânde pe trupul ei, iar dinții i se înfipseră ușor în câteva locuri bine alese. Îi prinse unul dintre sânii ei sensibili cu buzele, iar apoi i-l trase în gură, în timp ce degetele i se jucară cu vârful celuilalt.

Ea expiră prelung și gemu. Ochii ei se lărgiră la șocul noilor senzații. Bryan continuă să se desfete la sânul ei puțin mai mult timp, iar ea își arcui spatele pentru a ajunge mai adânc în gura lui.

Îi trase sânul mai adânc în gură, iar degetele lui aspre îl modelară și îl împinseră mai sus spre gura lui. După câteva momente, îi eliberă sânul și briza răcoroasă trecu peste sfârcul sensibilizat și umed, iar Becka se înfioră.

Bryan presără mai multe săruturi pe pieptul ei, până ce buzele lui fierbinți îi ajunseră la gât, unde se el se decise să se oprească pentru câteva momente și să se joace cu pielea ei care era deja suprasaturată de șocuri și senzații.

Ea se cutremură din nou, dar el tot continuă cu săruturile lui senzuale spre ureche, din când în când prinzându-i pielea între dinți. Când îi linse curbura urechii, nodul din ea se tensionă din nou.

Becka își întoarse capul să-l sărute și fu surprinsă să se guste și pe sine pe buzele lui, nu numai pe el. Cele două arome amestecate îi amplificară excitarea, deși nu crezuse că ar fi fost posibil să simtă mai mult decât simțise deja.

Îi sărută buzele mai întâi, iar apoi cu curaj i le ronțăi așa cum făcuse și el cu ale ei, și se bucură când îl simți fremătând. Era doar corect să i-o plătească.

Becka îi mângâie braţele puternice şi încercă să înveţe forma muşchilor lui tensionaţi. Se lipi de el cu un sens de posesiune pe care nu şi-l cunoştea. Un zâmbet maliţios i se formă pe buze, iar acel zâmbet atât de neobişnuit pentru ea îl incită şi pe el să surâdă, de asemenea.

Bryan îi luă gura din nou într-un sărut fierbinte pe care ea îl simţi şi în degetele de la picioare. Se frecă de ea, bucurându-se de felul în care se simţea pielea ei pe a lui.

-Să-mi scot hainele, iubito? o întrebă el şoptit pe un ton răguşit.

-Da, te rog, Becka gemu şi-l bătu pe braţ, mai mult ca să se încurajeze pe sine decât pe el.

În nici o secundă, Bryan se ridică şi cu mişcări grăbite, îşi smulse hainele de pe el. Nu mai putea aştepta şi nu îşi putea lua ochii de la trupul ei.

Becka rămăsese întinsă pe pătură şi aştepta nerăbdătoare ca el să o atingă din nou. Pielea îi purta urmele bărbii şi a degetelor sale lacome, iar buzele îi erau roşii şi umflate de la sărutările lor fierbinţi.

Becka arăta ca şi cum ar fi fost iubită temeinic, dar el tot dorea să-i ofere mai mult şi să-şi ia şi el propria lui plăcere în acelaş timp. Bryan se lăsă în jos pe pătură şi îi acoperi trupul.

Se sprijini în cotul stâng, iar degetele de la mâna lui dreaptă trecură peste pielea ei mătăsoasă. Îşi coborî capul, iar buzele lui se jucară cu gura ei înainte de a-şi face drum spre gâtul ei, unde o însemnă din nou cu o muşcătură blândă. Geamătul ei îi amplifică şi lui dorinţa.

TREZIREA BECKĂI

Bryan nu crezuse că ar fi fost posibil să dorească o femeie mai mult decât o dorea deja, dar tensiunea din abdomenul lui crescu, iar durerea plăcută atinse un nou nivel. Era înfiorător de excitat şi nevoia de a se scufunda în ea îl copleşea. Cu toate acestea, nu dorea să o grăbească.

Degetele i se strânseră pe unul dintre sânii ei, jucându-se cu el, gata să o tachineze mai mult, când ea îşi înfăşură braţele în jurul lui şi îl trase peste ea cu o putere pe care el nu i-o ghicise. Bryan îi înţelese mesajul mut de a se grăbi şi a face dragoste cu ea, dar nu dorea să-i răpească nimic din acea primă experienţă.

Hotărât să o facă să-i placă să facă dragoste cu el pe cât de mult îi plăcea lui să o iubească, Bryan se aplecă şi începu să-i sugă sânul din nou, mâna lui alintându-i trupul în călătoria sa spre sud, pentru a o mângâia din nou între coapse, în acel punct deja plin de tensiune.

-Acum, acum, Bryan! strigă ea. Te vreau acum. Destul cu tortura aceasta, ceru ea, în acelaş timp trâgându-i capul spre ea salbatic.

Bryan râse şi o îmbrăţişă, adunându-i trupul lângă al lui. Apoi, o acoperi, împingându-i picioarele deoparte pentru a se putea cuibări lângă ea. Îi sărută buzele cu o tandreţe complet diferită de sălbăticia săruturilor pe care i le dăduse înainte.

-Nu am fost niciodată cu o virgină, Becka, iubita mea, aşa că nu prea ai noroc cu mine acum, şopti el. Voi încerca să fiu blând, dar...

-Faci totul perfect, îi şopti ea liniştitor, dar grăbeşte-te acum, Bryan. Am nevoie de tine acum, continuă ea, pe o voce tensionată.

El râse nervos şi îşi găsi calea înăuntrul ei, ridicându-i şoldurile cu mâinile. Începu să se împingă lent pentru că ea era foarte strâmtă, dar Becka îşi pierdu răbdarea brusc şi împinse cu forţă împotriva lui, numai ca să strige când el se îngropă complet în ea.

Becka simţi că o întindea dincolo de orice limită. Presiunea pe care o simţea înlăuntrul ei era dureroasă şi minunată în acelaş timp.

-Eşti în regulă? o întrebă Bryan îngrijorat.

Se temea că fusese rănită din cauza invaziei bruşte.

-Totul e perfect, şopti ea şi îi zâmbi, ochii ei lărgindu-se de uimire. Sunt aproape sigură că ar trebui să fie ceva mai mult de-atât, spuse ea pe un ton conspirativ şi îşi flexă muşchii interni.

Replica ei îi provocă râsul lui Bryan, dar când îi simţi muşchii strângându-se în jurul lui, râsul i se transformă în mârâit.

-Da, puiule, mai este, spuse Bryan printre dinţii încleştaţi.

Apoi începu să se mişte înlăuntrul ei cu mai multă forţă, acum făcând dragoste cu ea în mod serios.

Becka icni când îi simţi mişcările în interiorul ei. Se întindea în jurul lui, iar senzaţia era dureroasă, dar şi agonizant de plăcută în acelaş timp. Se agăţă strâns de braţele lui, temându-se că se va pierde în furtuna de senzaţii.

Lui Becka îi plăcea să-i simtă greutatea pe ea. Îi plăcea că el era parte din ea. O duruse câteva secunde, dar durerea era complet uitată acum.

TREZIREA BECKĂI

Se delecta în tensiunea și plăcerea pe care i-o dăruia cu trupul lui. Fără să-și dea seama, începu să se miște urmându-i ritmul. Când își ridica șoldurile pentru a-l întâlni, senzațiile din interiorul ei se întețeau și deveneau mai intense.

Își lăsă degetele să alunece pe spatele lui până ce ajunse la coapsele lui și amândoi gemură, chiar dacă din motive diferite.

Bryan îi ridică unul dintre picioare și îl trase în jurul taliei lui. Îi mângâie coapsa de la genunchi la șold, numai cu vârful degetelor, trezind din nou la viață terminații nervoase care se relaxeseră. Palma lui cu pielea aspră alunecă pe rotunjimea fundului ei, iar acolo apăsă și îi aduse pelvisul mai aproape de al lui. Schimbarea în poziție aprinse scântei în venele ei, iar ea simți cum tensiunea se încolăcea în interiorul ei și devenea aproape insuportabilă.

Acum Bryan se putea împinge mai adânc în ea, iar ea avea senzația că erau conectați într-un fel pe care nu îl crezuse posibil. Bryan își aplecă capul și-i mușcă sfârcurile blând, unul după altul.

Becka țipă când pielea începu să o furnice peste tot. Apoi Bryan îi trase un sfârc în gură și-l supse cu putere. Tensiunea din ea explodă și, pentru o clipă, simți că se sfărâma și era propulsată într-o multitudine de direcții numai pentru a se desface într-o sferă de senzații care-i trimiteau limbi de foc peste întreaga suprafață a pielii.

Becka țipă din nou, mai tare de data aceasta. Înainte de a cădea într-un abis de senzații și a-și pierde toate funcțiile cognitive, Becka îl simți pe Bryan cedând complet plăcerii finale. Ea se prăbuși având sentimentul că l-a auzit gemând, dar sunetul fusese prea îndepărtat și nu era sigură că a auzit corect.

Când Becka îşi reveni, simţi buzele lui Bryan plimbându-se de-a lungul gâtului ei cu tandreţe. Bryan respira cu greutate şi mâinile îi tremurau, dar cu toate acestea, el continua să aibă grijă de ea şi o mângâia cu dragoste.

-Eşti bine, puiule? îi şopti el în ureche, iar apoi îi luă lobul urechii între dinţi şi-l muşcă delicat.

Becka se înfioră. Trupul ei încă pulsa din cauza senzaţiilor, iar muşcătura lui le intesifică. Încercă să spună '*da*', dar se părea că tot nu reuşea să-şi găsească vocea. Aceasta rămăsese blocată undeva în gâtul ei, iar ea nu putea rosti nici un cuvint. Atunci se mulţumi să aprobe dând din cap şi-l strânse în braţe mai tare.

Bryan se întoarse pe o parte cu ea cuibărită strâns în braţele lui şi îi sărută creştetul capului. Îi acoperi picioarele cu unul de-al lui, nedorind încă să-i dea drumul şi să se tragă la o parte. Continuă să-i mângâie spatele şi partea de sus a coapselor, în timp ce-şi freca bărbia de vârful capului ei cu afecţiune.

-A fost bine pentru tine sau...? o întrebă fără ca măcar să se gândească despre ce dorea să spună.

Nu voia să o întrebe, de fapt. Nu voia să audă că nu a fost bine pentru ea şi că el s-a comportat ca un bărbat egoist care se gândea numai la plăcerea lui şi nu i-a dat ei nici o atenţie. Nu voia să o audă minţind, dacă ea ar fi spus '*da*', dar de fapt nu a simţit nimic.

Bryan nu înţelegea de ce se simţea atât de nesigur când era cu Becka. Poate din cauză că dorea mult mai mult de la ea decât dorise de la alte femei sau poate pentru că avusese şansa sau ghinionul, în funcţie de cum se simţea şi gândea ea, de a fi primul bărbat care să facă dragoste cu ea.

TREZIREA BECKĂI

Bryan nu se putea plânge în ceea ce îl privea. Niciodată nu fusese cu o femeie care să-i fi aparținut numai lui. Îi plăcuse să creadă că era mai presus de astfel de gânduri demne de un om al cavernelor, dar trebuia să recunoască că se simțea bine știind că el era singurul bărbat pe care ea îl cunoscuse în sens biblic.

Indiferent de motiv, Bryan era extrem de mânios pe el însuși, mai ales pentru că știa că nesiguranța lui putea distruge cel mai bun lucru care i s-a întâmplat vreodată.

Becka nu spuse nimic la început și îi sărută pieptul în timp ce își trecu degetele prin părul creț și aspru cu care acesta era presărat. Apoi, își ridică ochii la el cu o expresie visătoare și dădu din cap, privindu-l fix.

Un zâmbet începu să-i apară timid pe buze, iar dulceața momentului avu asupra lui efectul unui pumn în stomac. Bryan o strânse mai puternic în brațe, iar ea protestă.

-Este prea strâns, Bryan. Nu pot respira, spuse ea pe o voce mică.

Bryan își dădu seama că a fost prea brutal cu ea și își slăbi strânsoarea pentru ca ea să poată respira mai ușor, dar nu îi dădu drumul complet. Tot mai simțea nevoia de a avea trupul ei lipit de al lui.

De fapt, iar aceasta era chiar uimitor, o dorea din nou. Bryan chiar se gândi la posibilitatea de a mai face dragoste cu ea încă o dată, dar decise împotrivă. Fusese prima dată pentru ea și nu dorea să o rănească. Ar fi putut să o aibă din nou mâine dacă și ea o dorea.

Rămaseră înlănțuiți, amândoi mulțumiți să se afle unul lângă celălalt și să se odihnească unul în brațele celuilalt.

CAPITOLUL 6

BRYAN ÎI ÎMPINSE BĂRBIA în sus cu degetul său mare şi o sărută.

-Putem merge în casă să ne curăţăm dacă vrei, îi şopti el în ureche.

Ea îşi aruncă ochii spre vârful dealului unde, printre copaci, se zărea casa mare albă cu tocul ferestrelor vopsite în albastru şi îşi scutură capul.

-Nu, nu cred. Nu vreau să deranjez.

-Despre ce vorbeşti? se încruntă el neînţelegând la ce se referea.

-Ştiu că prietenul tău a spus că poţi folosi casa, dar aceasta nu înseamnă că ar fi dorit să-ţi şi aduci prietenii aici. Putem să ne curăţim când ajungem la mine acasă, bine? spuse ea.

Ea îl bătu pe mână fără ca măcar să-şi dea seama de gestul ei. Era genul de mângâiere folosită pentru a calma un copil dezamăgit că nu a primit îngheţată.

Bryan ştia că ea se îndoia că cineva l-ar lăsa să-i folosească casa astfel, dar el decisese să nu îi spună că de fapt casa îi aparţinea. Alesese să păstreze secrete pentru că dorea ca ea să-l placă pe el şi nu ceea ce poseda.

Avusese parte de prea multe femei care fuseseră interesate numai în avantajele lui materiale și era sătul de ele. Toate îl voiau pentru ceea ce posibilitățile lui financiare le-ar fi oferit, iar dacă el le refuza, imediat îl părăseau.

Bryan spera ca Becka să nu fie astfel și dorea să o impresioneze cu alte lucruri, nu cu mărimea contului său în bancă sau cu bunurile pe care le poseda. Dorea să îl placă pentru el însuși și el simțea că femeia îl plăcea.

Dar în ciuda a tot, el știa din experiențe dureroase cât de mult se puteau schimba lucrurile cât ai clipi din ochi. Întâlnise două sau trei femei care păreau să îl placă cât de cât, dar imediat ce au aflat cât de mulți bani avea, se îndrăgostiseră până peste cap de el. Dar nu a durat prea mult pentru că ele i-au dovedit că erau interesate numai în buzunarele lui, nu în ce avea în minte sau în suflet.

Becka era mult prea importantă pentru el și nu voia ca acelaș scenariu să aibă loc, așa că Bryan nu știa ce să facă și nu spuse nimic câteva clipe. Se simțea vinovat pentru că era vina lui că ea simțea că trebuia să aștepte să meargă până acasă pentru a se spăla.

Câteva secunde a fost tentat să lase lucrurile cum erau. Simțul lui de conservare îl sfătui să nu-și deschidă gura lui mare și să spună ceva care nu s-ar fi dovedit în interesul lui. Și totuși, se gândi mai bine și decise să recunoască tot.

-Becka, trebuie să îți spun ceva.

Tonul lui serios o făcu să-și ridice privirea spre el din nou. Beckăi nu-i plăcea direcția acelei discuții. Tonul lui o făcea să se teamă de ce era mai rău, iar după tot ce se întâmplase între ei, spera să nu se fi înșelat în privința lui.

TREZIREA BECKĂI

De obicei, Becka putea spune imediat ce fel de persoană avea în faţa ochilor. Acela era unul din talentele ei unice, chiar dacă era în formă brută şi nerafinat.

Până atunci, Bryan nu acţionase în aşa fel încât să o determine să creadă că era un ticălos. Nici una dintre acţiunile lui nu i-a trezit îndoiala.

Bryan observă incertitudinea din ochii ei şi nu se simţi prea bine. Dorea să-i alunge temerile pentru că ghicise la ce se gândea şi, totuşi, ezită câteva clipe pentru că ceea ce avea de spus era în completă contradicţie cu ceea ce decisese pe iaht. Dar ea merita să ştie adevărul, iar până atunci, nu-i arătase defel că ar fi avut vreo pasiune pentru lucrurile materiale.

Bryan se gândi că ar putea încheia acea relaţie imediat dacă se dovedea că ea era interesată numai de bani şi simţi cum i se strânge inima în piept la acel gând. În acel caz, el ar fi suferit mai mult decât în trecut.

Tocmai îşi dăduse seama că o dorea mai mult acum după ce a avut-o decât înainte. Era aproape sigur că era femeia perfectă pentru el, dar era decis să nu mai accepte o altă relaţie bazată numai pe statutul lui material.

Bryan admitea că poate nu era mare lucru de capul lui, dar tot se mai agăţa cu încăpăţânare de gândul că merita să fie cu cineva care îl dorea pe el, bărbatul.

-Uite cum stă treaba, începu el, dar nu mai putu continua, brusc temându-se mai mult de ce ar fi avut ea de spus despre minciuna lui decât de lucrurile la care se gândise.

Se gândi să găsească o cale pentru a-i explica motivele lui de a o minţi în primul rând.

-Ce este, Bryan? se interesă Becka calm, ca şi cum furia ce îi acapara mintea nici nu ar fi existat.

Avea prea multă mândrie şi nu voia să-i arate cât de mult i-ar fi păsat dacă el ar fi părăsit-o după ce i-a căzut în braţe ca o bleagă, după nici douăzeci şi patru de ore din momentul în care l-a cunoscut.

-Poţi să-mi spui orice, nu e o problemă, să ştii. Pot să fac faţă la orice.

-Ei bine, este o problemă, totuşi... te-am minţit..., începu el, dar nu mai putu continua pentru că ea sări în sus la propriu şi acum stătea deasupra lui ca o zeiţă cu gânduri de răzbunare.

-La naiba, Bryan, eşti însurat sau ce? ţipă ea.

Ochii i se îngustaseră din cauza furiei, iar acum arătau la fel de ameninţători ca fantele înguste ale unui şarpe, gata să-l ucidă numai cu o privire.

Ochii lui se lărgiră şi pentru câteva momente îndelungate, el nu reuşi face altceva decât să se holbeze la ea. Era pur şi simplu magnifică.

Se aşteptase ca ea să se supere, dar nu se aşteptase la acea manifestare puternică de mânie şi nici nu se aşteptase ca ea să sară la concluzii nefondate în numai câteva secunde.

Becka îşi dădu seama că el îi considea întrebarea ei nebunească şi că de aceea nu-şi găsea cuvintele. Se plesni mental pentru că a spus ce a spus, dar nu ştia ce altceva să mai spună ca să îndrepte lucrurile.

El avu nevoie de mai mult decât câteva clipe pentru a-şi reveni destul ca să-i răspundă. Se ridică şi el, la fel de furios din cauza acuzaţiilor ei, precum era şi ea din cauza lui. O privi cu uluire punându-şi pumnii strânşi pe şolduri.

-Bineînţeles că nu sunt, i-o întoarse el furios când îşi regăsi vocea. Nu m-aş culca cu o altă femeie dacă aş fi căsătorit. Ce fel de monstru crezi că sunt? se răsti el la ea, chiar dacă avea unele dificultăţi să se concentreze din cauză că acum observă cum i se ridica pieptul femeii din cauză că respira cu greutate.

Era dificil să privească în altă parte pentru că bustul ei generos îi atrăgea privirile. Ştia însă că era important să se uite numai în ochii ei dacă nu dorea ca ea să-şi facă o impresie greşită, dar era foarte dificil s-o facă.

La cuvintele lui, ea s-a calmat.

-Deci atunci care este problema dacă nu asta?

-Te-am minţit în legătură cu casa, spuse el, arătând spre casa de pe deal cu un gest nervos.

Ea aruncă o privire spre casă, iar apoi îşi întoarse ochii spre el, ca şi cum nu ar fi înţeles despre ce era vorba.

-Ce vrei să spui? l-a întrebat ea după ce s-a gâdit la declaraţia lui câteva clipe, fără să ajungă la nici un fel de concluzie.

-Aceea este casa mea, Becka. Nu a unui prieten, ci a mea. Te-am minţit când ţi-am spus că un prieten mi-a dat voie să o folosesc, îi explică el pe larg pentru ca ea să-l înţeleagă pe deplin.

-Oh, bine atunci, spuse ea, împăcată de cuvintele lui, iar apoi se întoarse să-şi caute costumul de baie, mulţumită că problema nu era legată de ea şi că el nu intenţiona să îi facă vânt.

Brusc, Becka se întoarse spre el. Acum ochii îi scânteiau atât de tare din cauza mâniei că el, fără să vrea, făcu un pas în spate. Dacă mai devreme crezuse că femeia arătase majestuous în furia ei, acum mânia ei depăşea tot ce văzuse până atunci.

Se părea că declarația lui i-a penetrat gândurile și ea și-a dat seama în sfârșit ce voia el să spună. Un lucru era sigur: nu îi plăcea defel. Implicațiile cuvintelor sale erau prea urâte pentru ca ea să le accepte.

Cu o voce foarte calmă, care contrazicea mânia din ochii ei, ea îl întrebă:

-Și de ce ai considerat că era mai bine să mă minți? De ce era atât de important ca eu să nu știu că acea casă îți aparține?

Bryan era conștient că tonul ei calm era în fapt înșelător și se aștepta ca ea să-l lovească curând cu toată furia ce mocnea în ochii ei. Atmosfera se încărcase cu curenți electrici, iar el putea simți tensiunea pocnind în aer.

-M-am gândit, vezi tu... începu el, dar se opri când îi văzu postura rebelă.

Becka chiar arăta splendid în ochii lui. Acea furie ce îi strălucea în ochi, spatele drept ca o lumânare, mâinile mici strânse în pumni pe șolduri, toate o transformau într-o adevărată operă de artă.

El știa că ea uitase că nu avea nimic pe ea și el aprecia acel lucru. Ochii lui îi dezvăluiră dorința aprigă pentru ea, când trecură peste trupul ei amplu, admirându-i sânii grei și talia îngustă, șoldurile și coapsele bine rotunjite.

-Te-ai gândit, repetă ea, dar de data aceasta vocea ei mustea cu sarcasm.

Ochii lui se întoarseră imediat la ei, brusc devenind conștient că se afla în mijlocul unei certi și că nu era o idee bună să uite acel lucru, dacă dorea să rezolve problema și să părăsească câmpul de bătaie într-o singură bucată. Femeia părea suficient de furioasă să muște o bucată din el.

-În regulă, înțeleg de ce te-ai supărat, dar și tu trebuie să înțelegi că și eu am avut motivele mele... spuse el, dar nu mai încheie fraza când văzu că ea nu dădea nici un semn că furia i s-ar fi domolit ca urmare a tentativei lui de a se explica.

-Desigur că ai avut motive, se răsti ea, aruncându-și mâinile în aer. Cum aș putea uita asta? Și crezi că faptul că ai avut motive face ca totul să fie bine, nu-i așa?

-Becka, haide, doar ascultă-mă. Nu îmi este ușor să-ți explic ce am avut în minte, încercă Bryan să raționeze cu ea.

Becka îl privi drept în ochi și spuse cu tot sarcasmul pe care-l putea aduna:

-Îți spun eu ce ai crezut, Bryan. Este doar la mintea cocoșului. Ai crezut că sunt o târfuliță proastă, interesată într-un bărbat cu bani și nu ai vrut să-mi vâr mâinile lacome în buzunarele tale. Asta ai crezut, își încheie ea tirada cu un strigăt.

Asta nu suna deloc a bine. Felul cum i-a formulat ea procesul lui de gândire suna foarte urât. Bryan se simți vinovat pentru că era ceva adevăr în ceea ce spunea ea, deși ea exprimase ideea lui într-o manieră oribilă.

-Nu-i chiar așa, Becka. Dar am avut partea mea de femei care au arătat că sunt interesate de mine numai pentru că aveam bani și...

Becka își lovi piciorul de pământ și gemu, iar comportamentul ei îl opri să continue. Bryan așteptă să vadă ce altceva voia ea să facă.

Ea îi aruncă o privire, iar apoi își luă ochii de la el, ca și cum nu mai putea să-l vadă în ochi. Se apucă să adune bucățile costumului ei de baie și pe o voce liniștită spuse:

-Vreau să mă duci acasă acum.

-Te rog, iubito...

-Am spus acum, repetă ea, accentuând cuvintele. Nu mai vreau să petrec o secundă cu tine. M-ai minţit! Ai gândit lucruri oribile despre mine! strigă ea şi îşi întoarse spatele la el pentru a se îmbrăca.

El simţi o fărâmă de vină sâcâindu-l din nou, dar apoi alt gând îi răsări în minte brusc. Luându-şi pantalonii să se îmbrace, de asemenea, el spuse sarcastic:

-Iar tu ai fost foarte deschisă cu mine, nu-i aşa? Tu ai fost domnişoara carte şi inimă deschisă, nu-i aşa?

-Ce vrei să spui? se întoarse Becka spre el, uimită să-i audă cuvintele. Eu nu te-am minţit deloc.

-Ba da. Ai spus unele lucruri ieri şi nu ai vrut să le explici. Nu-ţi aminteşti? Când mi-ai spus că nu mă sfătuiai să te supăr şi când mi-ai spus că sunt unele lucruri pe care nu mi le poţi spune... Ei bine, şi eu am avut lucruri care nu am putut să ţi le spun, aşa că sântem la egalitate în privinţa asta, trase el concluzia.

Ea îl privi, fierbând pe dinăuntru. Îşi simţi mânia crescând ca magma în interiorul unui vulcan şi nu mai putu să şi-o controleze şi îşi aruncă mâinile în aer.

O pală de vânt puternică se învârti în jurul lui şi el simţi ţurţuri de gheaţă pe spate. Coşul zbură în cel mai apropiat trunchi de copac, iar răcitorul îl urmă imediat după aceea, de parcă o mână nevăzută le-ar fi ridicat şi le-ar fi aruncat cât colo.

Bryan avea senzaţia că se găsea în mijlocul unui uragan şi o privi pe Becka cu ochii uluiţi. Nu putea crede ceea ce vedea.

Buzele ei începură să tremure şi ochii i se umplură de lacrimi într-o clipă. Când închise ochii şi îşi coborî braţele tremurânde, totul reveni la normal. Vântul se opri iar căldura zilei alungă frisoanele pe care le simţise el pe spate.

TREZIREA BECKĂI

Ea nu se uită spre el, iar el nu putea face altceva decât să se holbeze la ea şocat. El refuză să se gândească la ce se întâmplase sau să caute un răspuns, dar ştia că ea se afla în centrul lucrurilor şi nu se mai simţi comfortabil în prezenţa ei.

Părea ceva ieşit dintr-un film de groază, iar el nu putea găsi o explicaţie rezonabilă pentru ceea ce trăise şi simţise. Ideea ce îi răsări în minte nu făcea prea mult sens, ba chiar îl înspăimânta şi mai mult.

-Cred că acum te duc acasă, spuse el pe un ton liniştit, nedorind să discute chiar atunci despre tot ce s-a întâmplat şi cum de s-a întâmplat.

Becka aprobă cu o înclinare a capului, cu un aer pierdut, iar apoi începu să se îmbrace în tăcere. Când termină, se duse să ia coşul şi răcitorul. Vocea lui rece, venind din spate, o opri.

-Nu-ţi fă nici un fel de griji în legătură cu ele. Voi avea grijă de toate când mă întorc.

Becka dădu din nou din cap, cu supunere, simţindu-se respinsă, şi apoi se îndreptă cu paşi mici spre doc. Nu ştia ce să-i spună lui Bryan şi îşi dădea de altfel seama că el nu voia să audă absolut nimic în acel moment.

Era foarte tristă pentru că petrecuse o zi superbă cu el, dar acea zi fusese clădită pe minciuni şi amăgire, iar acum nu mai ştia ce simţea.

Complet detaşat, de parcă ar fi fost o femeie pe care abia o întâlnise şi cu care era doar politicos pentru că aşa era normal, Bryan o ajută să urce pe puntea vasului. Orice fel de apropiere pe care o simţiseră între ei doi înainte dispăruse acum. Se simţeau ca doi străini, ba chiar mai mult, ca doi străini care nu erau în largul lor.

După ce a ajuns pe vas, Becka se duse sub umbrelă şi îşi îmbrăcă tricoul şi pantalonii, în timp ce el se îndreptă spre cârmă şi porni iahtul, mărind viteza imediat ce a fost posibil.

Bryan simţea că nu mai voia să fie cu ea, cel puţin pe moment, dar îşi imagină că sentimentele lui pentru ea vor reveni în forţă după ce ar fi avut timp să se gândească mai bine la tot ce s-a întâmplat.

Bărbatul se simţea vinovat din cauza omisiunilor lui, dar considera că vina ei era mult mai mare în acea situaţie decât a lui.

Nu dorea să analizeze ce se întâmplase pentru că nu îi plăcea ce îi spuneau faptele. În ciuda a tot, el simţea şi regret pentru că nutrise sentimente tandre pentru ea, chiar dacă relaţia lor se dezvoltase numai de-a lungul unei singure zi. Se gândise că ea era femeia menită să-i fie alături şi era greu să creadă acum că totul a fost o iluzie. Avea însă nevoie de timp ca să se gândească la tot.

Becka era supărată atât pe el cât şi pe ea însăşi. O necăjea faptul că el a considerat necesar să-şi păstreze bunăstarea secretă, temându-se că ea ar fi fost atrasă mai mult de banii lui decât de el. I-ar fi plăcut ca el să fi avut încredere în ea şi să fi gândit diferit despre ea.

Putea să înţeleagă că anumite experienţe pe care el le trăise în trecut au avut probabil darul să îl facă să se teamă de motivele oamenilor. Cu toate acestea, ea considera că fusese destul de deschisă şi, de fapt, nu era obişnuită ca oamenii să gândească despre ea că ar fi fost o persoană care ar profita de un bărbat. Nu arăta ca o femeie cu mâini lacome, gata să înşface absolut tot ce avea în faţa ochilor.

TREZIREA BECKĂI

Becka era de asemenea furioasă pe sine însăşi pentru că nu avea nici un control asupra puterilor ei. Ori de câte ori se înfuria foarte tare, le dezlănţuia şi nu le mai putea opri până ce mânia i se stingea.

Becka ştia că oamenilor nu le prea surâdea ca cineva să arunce lucruri în aer sau să producă vârteje de vânt în jurul lor. Mama ei i-a tot explicat acel lucru mereu de când era foarte mică. Din fericire, ea îşi învăţase lecţia înainte de a ieşi în lume. Dar din nefericire, uitase toate acele lecţii astăzi.

Nu a reuşit să dea înapoi în cearta cu Bryan, iar astfel a arătat cine era ea şi ce putea să facă. Era clar că îl alungase pe Bryan. Ar fi fost imposibil ca el să nu se fi speriat şi, evident, acum nu mai nutrea nici cea mai mică dorinţă să rămână cu ea.

Nu îi plăcea cât de rece şi detaşat se comporta Bryan. După acea după-masă plină de revelaţii, în care au împărtăşit acele momente preţioase împreună, momente pe care ea le tot aşteptase de foarte mult timp, atitudinea lui avea efectul unui duş rece asupra ei. Atitudinea lui prezentă strica absolut tot.

Beckăi nu îi părea rău că a făcut dragoste cu Bryan. S-ar fi minţit pe sine dacă ar fi spus aşa ceva. Dar cu toate acestea, îi părea rău că totul s-a înnegurat după aceea şi a golit-o de orice sentiment.

Becka nu şi-a dat seama că plângea deja, dar Bryan îi auzi hohotele de plâns şi se întoarse spre ea. O gheară nemiloasă îi strânse inima.

Pentru o clipă trecătoare, s-a gândit să îşi vadă de ale lui şi să o lase să plângă. Nu prea ştia el ce să facă atunci când o femeie plângea. Ar fi fost poate mai bine să o lase să se gândească şi să ajungă la propriile ei concluzii şi numai după aceea să o abordeze, dar nu putea.

Acea femeie avusese deja un impact enorm asupra lui şi indiferent de ce simţea el în acel moment, nu putea să stea deoparte şi să o lase să plângă fără a-i oferi nici un pic de consolare.

Când îi simţi mâna pe umăr, Becka îşi ridică privirea spre el şi Bryan îi văzu lacrimile curgându-i pe obraji. I le uscă cu degetele, iar apoi o trase în braţele lui, frecându-i spatele. Îşi odihni capul pe al ei şi numai o ţinu strâns la pieptul lui, mângâindu-i spatele cu tandreţe pentru a o calma şi a o face să se simtă mai bine.

-Este în regulă, puiule, nu trebuie să plângi. Nu e sfârşitul lumii, să ştii, murmură el.

Cuvintele lui o făcură să plângă şi mai cu foc şi priuntre sughiţuri îi spuse:

-Este sfârşitul a ceea ce era între noi, Bryan, iar asta înseamnă sfârşitul lumii acum.

El îi zâmbi uşor amuzat şi îi ridică capul pentru a o privi drept în ochi. Îi sărută buzele uşor, dorind să o simtă aproape de el din nou.

-Nu ştiu dacă e finalul a ceea ce este între noi, dar cred că amândoi ar trebuie să reflectăm pentru o vreme, Becka, iar apoi vom vedea, spuse el pe un ton egal.

-Vrei să îţi explic? îl întrebă ea ezitant.

El îşi scutură capul.

-Nu, nu chiar acum. Trebuie să reflectez la tot mai întâi, iar apoi putem vorbi. Este mai bine să nu vorbim despre nimic acum.

-De ce trebuie să se desfăşoare totul conform unui orar stabilit de tine? se răsti ea la el, uitând de tristeţea ei pe moment.

-Nu e vorba de orarul meu, încercă el să fie rezonabil. Dar trebuie să reflectez totuşi. Nu-ţi poţi imagina că voi împinge totul la spate şi voi continua această relaţie fără nici un fel de întrebări, iubito, pentru că, crede-mă, nu merge aşa, continuă el pe un ton egal, deşi simţea impulsul să o strângă de gât pentru că era atât de densă.

Nu era ca şi cum tot ce se întâmplase ar fi fost ceva banal. El deja găsise o explicaţie, dar nu îi plăcea, deşi acea posibilitate părea din ce în ce mai reală.

Mai mult decât atât, nu ştia dacă sentimentele lui pentru ea erau destul de puternice pentru ca să continue o relaţie cu o femeie care putea crea furtuni, chiar dacă de dimensiuni mici. Îi plăcea ca în orice să existe un anumit echilibru, iar relaţia lui cu Becka nu părea deloc echilibrată.

Becka se trase deoparte şi îi întoarse spatele. Înţelegea că spectacolul pe care i l-a oferit l-a înspăimântat, dar nu înţelegea de ce nu dorea să discute despre ce s-a întâmplat.

I se spusese ca niciodată să nu-şi dezvăluie talentele în faţa străinilor, dar crezuse că avea o şansă reală să construiască o relaţie cu el şi oricum tot trebuia să îi arate de ce era capabilă la un moment dat. Se întâmplase mai devreme decât ar fi dorit, dar nu credea că era un lucru rău, chiar opusul. Încercă să se consoleze că cel puţin nu investise foarte mult într-o relaţie care nu avea nici un fel de şanse să supravieţuiască.

-Becka, începu Bryan să spună, dar ea îşi ridică mâna să-l oprească.

Nu se întoarse spre el, dar spuse:

-Totul este bine, Bryan, nu îţi fă griji. Îţi înţeleg reticenţa. Hai să mergem acasă şi să uităm că ne-am cunoscut.

Vocea ei arăta mult mai multă hotărâre decât simțea, dar nu voia ca el să rămână cu ea numai pentru că se simțea prost pentru că a făcut-o să plângă. Dacă nu era capabil să fie cu ea pentru ceea ce era ea, nu vedea nici un motiv pentru a mai continua acea șaradă.

-S-ar putea să nu fie atât de simplu, Becka. Nu am spus că ar fi cazul să uităm că ne-am cunoscut. Am cerut doar puțin timp pentru a putea reflecta la ce s-a întâmplat. Poate că acel timp îți va folosi și ție.

-Cum vrei tu, ridică ea din umeri și se duse în cealaltă parte a vasului pentru a scăpa de el.

Într-un fel, Becka știa că Bryan avea dreptate. Nu era ca și cum el ar fi trebuit să treacă peste un obicei prost, cum ar fi vorbitul cu gura plină. Dar se simțea înșelată pentru că sărise într-o legătură de dragoste cu el fără a se gândi mai bine.

Nu-i plăcea nici că el a mințit-o. Totul era prea mult pentru ea pe moment ca să-l ierte chiar atunci. Nici măcar nu credea că merita efortul.

Au făcut restul călătoriei în tăcere totală. Își aruncau priviri pe furiș, dar nici unul nu dorea să mai vorbească.

Când au ajuns în port, au ancorat iahtul și s-au îndreptat spre parcarea unde Bryan își lăsase mașina de dimineață.

Tensiunea se intensifică și mai mult în timpul călătoriei cu mașina, pentru că aceasta era prea mică pentru a face față tuturor resentimentelor și mâhnirii lor. Începuseră să se displacă unul pe celălalt imens și abia așteptau să ajungă la destinația lor și să se despartă.

TREZIREA BECKĂI

Abia şi-a oprit Bryan maşina, că Becka a şi sărit din ea, aruncând un *la revedere* grăbit peste umăr, şi alergă în casă. După ce a intrat, a închis uşa în spatele ei cu o bubuitură zgomotoasă.

Bryan privi în urma ei şi chiar cinci minute mai târziu tot acolo era, în faţa casei ei, privind uşa închisă. Acea bubuitură îi răsunase în urechi ca fiind de rău augur.

Bryan nu se simţea uşurat, aşa cum crezuse înainte. În timp ce erau pe iaht, întorcându-se spre oraş, nu dorise altceva decât să o conducă pe Becka acasă şi să încheie absolut totul pe ziua aceea. Acum, însă, avea senzaţia că Becka a trântit uşa peste cel mai bun lucru care s-a întâmplat în viaţa lui.

Bărbatul consideră ideea de a se duce la uşa ei şi de a-i cere să îi vorbească, dar înnăbuşi ideea imediat. Nu era momentul potrivit pentru aşa ceva. Chiar şi el, cu abilităţile lui sociale limitate când venea vorba de relaţiile de dragoste, ştia asta.

Bryan trebuia să-i dea spaţiu ca să se răcorească şi avea şi el nevoie de timp să reflecteze la tot ce avusese loc şi să găsească o cale mai bună să facă faţă la ce s-a întâmplat. Acea hotărâre îl făcu să întoarcă cheia în contact şi să plece.

CAPITOLUL 7

BECKA SE AFLA ÎN GRĂDINĂ privind fără să vadă în departare. De câteva zile nu îşi mai găsise pacea acolo, cu toate că grădina fusese tărâmul ei de linişte înainte.

Nici măcar nu se mai dusese la cursuri şi nu părea să fie capabilă să facă nimic. Nu putea nici citi una din cărţile pe care le iubea atât de mult şi nu putea nici discuta cu verii săi. De obicei, vorbea cu ei cel puţin o dată pe zi, iar acum trecuse deja o săptămână şi jumătate şi tot nu se simţea capabilă să ridice telefonul ca să-l sune pe vreunul dintre ei.

Becka evitase să vadă pe oricine de-a lungul ultimei săptămâni şi jumătate de când se despărţise de Bryan. Nu se simţise în stare nici să meargă la cina obişnuită cu părinţii ei şi inventase o petrecere de la care nu putea lipsi, numai că să nu fie obligată să se ducă la ei acasă.

Tatăl ei nu a fost prea fericit să audă că nu vine, dar mama ei a exultat de bucurie auzind că fiica ei avea în sfârşit o viaţă socială cum era normal pentru o fată de vârsta ei. Ea întotdeauna considerase că Becka era prea introvertită când venea vorba de a-şi face prieteni şi nu-i plăcea acel lucru.

Era din nou vineri şi de data aceasta ştia că în ziua următoare nu va mai putea evita cina la părinţii ei din nou. Străbunica ei urma să fie acolo şi nici măcar mama ei nu ar fi găsit cuvintele pentru a scuza absența Beckăi. Când străbunica ei venea la cină, toată lumea trebuia să participe. Singura scuză valabilă ar fi fost să zacă pe patul de spital.

Becka nu știa ce ar fi trebuit să facă. Era convinsă că imediat își vor da toți seama că ceva s-a întâmplat cu ea și că avea inima frântă. Doar își vedea chipul în oglindă când își peria dinții în fiecare zi și știa că arăta exact așa cum se simțea, ca și cum i s-a stins orice vioiciune din trup.

Becka nu putea trece peste ce se întâmplase cu Bryan. Se îndrăgostise de el și încă bine și, indiferent de cât de mult a raționalizat ce simțea pentru el, tot nu putea să-și înnăbușească acele sentimente.

Știa că trecuseră mai puțin de două săptămâni, dar se temea că mereu se va gândi la el și îi va fi dificil să găsească un alt bărbat care să o completeze atât de bine.

Acum, cu mintea limpede, își dădea seama că izbucnirea ei legată de casă nu ar fi trebuit să aibă loc. Se cunoscuseră numai de o zi, iar el avea dreptul să se protejeze, mai ales dacă se arsese în trecut. Dacă nu ar fi reacționat atât de puternic la acea minciună, totul ar fi fost bine și ea ar fi putut să-i dezvăluie adevărul despre ea mai târziu când el ar fi putut să accepte ce era ea.

Din păcate, era prea târziu să se gândească la așa ceva acum. Reușise să găsească un bărbat deosebit și să-l piardă în nici două întâlniri, ceea ce era un fel de record, probabil.

TREZIREA BECKĂI

BRYAN SUNĂ LA SONERIE și aşteptă ca Becka să-i deschidă uşa. El unul trăise în iad de când se despărţiseră din cauză că el a spus câteva cuvinte idioate și ea a creat puţină magie.

Alesese să se gândească la ce a făcut ea în termeni de '*puţină magie*' pentru că părea mai uşor de înţeles și acceptat. Bryan ştia că vor trebui să discute și despre aceea, dar el deja se hotărâse să îşi păstreze mintea deschisă și să nu renunţe la ea doar din cauza a ceea ce era ea.

Iniţial, bărbatul a încercat din greu să o uite. Faptul că poseda un dojo l-a ajutat să-şi petreacă zilele făcând efort până la epuizare. A încercat să se antreneze și să ridice greutăţi. Apoi a progresat la box. Unul din punctele importante ale programului său a fost să-şi dea întâlnire cu sacul de box pentru mai multe ore în fiecare zi, dar nu a funcţionat.

După primele câteva zile, şi-a lăsat prietenul la conducerea sălii și el a trecut la băutură. După prima mahmureală, şi-a amintit de ce ura atât de mult să se îmbete. Niciodată nu-i plăcuse să nu fie în total control, iar prea multă băutură avea puterea de a-i răpi acel control. După prima sticlă de whiskey, reacţiile îi încetineau și el se ura pe sine.

Până la urmă, nu a făcut decât să risipească ore întregi gândindu-se la Becka și la ce ar fi trebuit să facă diferit decât a făcut sau cum ar fi trebuit să reacţioneze pentru a obţine un rezultat diferit.

Chiar dacă relaţia lor a fost de scurtă durată, îl marcase profund. Îi auzea vocea în urechi tot timpul și nu o visa decât pe ea când în sfârşit reuşea să adoarmă.

După o săptămână și jumătate, Bryan a decis că i-a ajuns. Trebuia să meargă la ea acasă și să încerce să repare totul pentru a o aduce din nou în viața lui. Știa că nu putea continua astfel. Devenise prea importantă pentru el și nu putea să o uite pur și simplu.

Bryan era sigur că ea avea o legătură cu magia, dar în marea schemă a lucrurilor, nu prea mai conta pentru el. Accepta să aibă de-a face și cu așa ceva dacă o putea convinge să găsească mărinimia în inima ei să-l accepte înapoi.

De aceea, acum aștepta răbdător pentru ca ea să vină și să-i deschidă ușa. Ecoul soneriei deja se estompase și ea tot nu venise la ușă.

În ciuda acelui fapt, Bryan era destul de încăpățânat și apăsă din nou pe sonerie cu hotărâre. Se resemnă să aștepte cu mâinile în buzunare și balansându-se pe picioare.

Când au trecut câteva minute și tot nu veni nici un semn de la Becka, Bryan ridică din umeri și instinctiv încercă clanța de la ușă. Desigur, cum era de așteptat, ușa nu era încuiată. Înjură pe sub barbă, gândindu-se la ce era mai rău și intră în casă, închizând încet ușa după el.

Bryan se simți ca un hoț pe moment și se gândi la consecințele îndrăznelii sale. Cu toate acestea, era hotărât să aibă un rezultat fericit în întreprinderea lui, așa că o strigă.

Tăcerea casei îl apăsa. Nu auzi nici un fel de pași venind în jos pe scări și se decise să se îndrepte spre bucătărie. Încăperea era goală, dar o putea zări pe Becka prin fereastră, așezată la umbră sub marchiză, la celălalt capăt al grădinii.

Femeia părea mică și pierdută în gânduri, iar mâinile îi erau adunate în poală. Părea absentă și tristă, iar inima lui se strânse.

TREZIREA BECKĂI

Fericit că a găsit-o, Bryan ieşi în grădină şi se îndreptă spre ea.

Becka nu dădu semne că ar fi remarcat că nu mai era singură. Când se apropie de ea, îşi dădu seama că ea plânsese şi se simţi ca un ticălos.

Părea obosită şi înfrântă, iar inima i se chirci mai mult ştiind instinctiv că el pusese acea expresie pe faţa ei.

-Becka, îi strigă el numele uşor când păşi în marchiză.

Ea oftă, dar nu spuse nimic şi nici nu îl privi. Acela nu era un semn bun. Pe Bryan îl cuprinse panica gândindu-se că ea a decis să-l ignore complet, să-l alunge din viaţa ei şi să nu îi mai vorbească.

-Becka, o strigă el mai tare şi numai atunci, ea se întoarse spre el cu un icnet uşor.

Ochii ei se măriră şi el îşi dădu seama că nu-i venea să-şi creadă ochilor că se găsea acolo.

-Am sunat la sonerie de două ori, spuse el pentru a-şi explica prezenţa în grădina ei. Am încercat uşa numai pentru că am văzut că nu răspunzi şi m-am gândit că nu ai încuiat-o.

-Nu aud soneria de aici, spuse ea liniştit. Nu am intenţionat să nu-ţi deschid, continuă ea. Vreau să spun că nu a fost ca şi cum nu aş fi vrut să-ţi deschid uşa.

El îşi scutură capul pentru a-i alunga îngrijorarea, iar apoi spuse:

-Nu m-am gândit la aşa ceva, iubito. Ţi-am spus de ce am intat ca să nu crezi că sunt un nenorocit de hărţuitor.

Becka îi zâmbi uşor, dar chipul ei nu mai străluci cum se întâmpla înainte, iar aceasta nu-i plăcu lui Bryan.

-Dar de ce eşti aici, Bryan? Nu s-a schimbat nimic de săptămâna trecută, din câte ştiu eu. Tu tot crezi că sunt materialistă, eu ştiu că tu eşti un mincinos şi amândoi ştim ce pot eu face.

Lui Bryan nu-i plăcu tonul ei resemnat şi nici tristeţea care i se citea pe chip. Nu-i plăcu nici acuzaţia ei. Se lăsă pe un genunchi în faţa ei şi îi luă una din mâini în amândouă ale lui şi i-o mângâie cu blândeţe.

-Nu cred că eşti materialistă, puiule, şi niciodată nu am crezut asta. Poate că a fost prosteşte din partea mea să aştept să văd mai întâi dacă mă placi din cauza mea, dar chiar am avut nişte experienţe urâte în trecut şi cred că... aveam nevoie de nişte asigurări. Sper că-mi poţi ierta prostia.

-Şi ce părere ai despre ce s-a întâmplat când ne-am certat? îl întrebă ea cu ezitare în voce pentru că îi era teamă să îi audă răspunsul.

Bryan se ridică şi se aşeză pe bancă, iar apoi o trase în poala lui.

-Ei bine, Becka... Chestia aceea a fost cu totul... altceva, trebuie să mărturisesc... Nu am văzut niciodată nimic asemănător, cu siguranţă. Poate îmi poţi explica pentru că... m-a speriat, Becka, admise el pe un ton grav. Nu am văzut niciodată ceva de genul ăsta şi, bineînţeles, primul lucru la care m-am gândit a fost că eşti... o..., începu Bryan să spună dar nu mai putu să continue şi să-i mărturisească exact ce a crezut.

-O vrăjitoare? îl întrebă ea pe un ton realist.

Bryan nu-i răspunse imediat. Reflectă mai întâi la ce i-a zburat gândul în acea zi.

-Nu ştiu... Am crezut că eşti poltergeist sau ceva similar, mărturisi el în final, uitându-se fix la ea.

-Oh, Doamne, nici nu m-am gândit că ai crede aşa ceva, exclamă ea. Nu sunt nimic de genul acesta, Bryan, fii serios.

Bryan îşi îngustă ochii şi întrebă:

-Atunci, ce eşti de fapt? Nu că ar conta, să fiu sincer, se grăbi el să adauge.

-La ce te referi când spui că nu ar conta?

El reflectă câteva minute asupra răspunsului pe care voia să i-l dea. Privi spre grădină, mângâindu-i absent şoldul.

-Bine, voi fi sincer cu tine, spuse el într-un final întorcându-şi privirea spre ea. Nu pot funcţiona. Nu pot dormi şi nu pot face absolut nimic, de fapt. Am încercat şi nimic nu merge. Mă gândesc numai la tine. Aşa că, indiferent despre ce e vorba, vreau să fiu cu tine. Asta ca să ştii.

Văzând că îl privea fix, el îşi rectifică declaraţia.

-Dacă vrei acelaş lucru, evident. Nu te pot forţa, ştiu asta. Dar sper că şi tu mă vrei pe mine.

Becka îi mângîie chipul cu tandreţe, iar apoi se aplecă şi îi sărută buzele.

-Vreau şi eu, dar chiar cred că ar trebui să ştii totul înainte de a merge mai departe, spuse ea cu tristeţe.

-Doar spune-mi, spuse Bryan. Sunt convins că nu este atât de dramatic precum sună şi oricum, cred că pot supravieţui cu ceea ce eşti. Considerând că nu pot trăi fără tine în viaţa mea, nici nu merită discutat subiectul. Ştiu că sună cam pretenţios, dar trebuie să ştii că aceste zile când am fost departe de tine au fost iadul pe pământ pentru mine.

-Bine, Bryan. Atunci îţi spun, începu Becka dar apoi se opri.

Nu reuşea să spună cuvintele, fiindu-i prea teamă că el va fugi de ea din nou.

-Haide, puiule, doar spune-mi. Îți promit că totul va fi bine.

-Ha! îl luă ea peste picior.

Neîncrederea ei era evidentă și el știa că o merita. Deja fugise de ea o dată. Decise să se uite insistent la ea ca să o facă să vorbească. Ea îi susținu privirea, dar, în sfârșit, își continuă explicația.

-Deci cum să-ți spun asta, Bryan? Cred că ar trebui să fiu directă, murmură ea, iar el făcu eforturi să îi audă cuvintele. În regulă, uite cum stă treaba, reîncepu ea. Sunt vrăjitoare și din păcate nu una foarte bună. Încă mai am de învățat pentru a-mi controla darul. Ai văzut ce se întâmplă dacă mă înfuriu, spue ea, iar el aprobă înclinând din cap. În general, din cauza aceasta, încerc să evit confruntările plecând, dar cu tine atunci nu am avut unde să mă duc. Vezi tu, când mă enervez foarte rău toate acele sentimente intense se transformă în izbucniri de vânt înghețat și lucrurile încep să zboare în jur, iar acestea sunt lucruri pe care nu le pot opri. Nu am cunoștințele necesare să o fac, îi explică el ca să înțeleagă.

-Bine, de acord, spuse el. Ce altceva poți face? întrebă el pe un ton conversațional, deși nu se simțea în largul lui auzind-o dând voce celor mai rele temeri ale lui și știind că nu avea nici un fel de alegere.

-Nu multe. Acel lucru și... pot spune dacă oamenii sunt buni sau nu. Nu pot să văd dacă sunt ucigași sau ceva de genul acesta. Dar cu toate acestea, pot spune dacă emană unde bune sau nu, spuse ea ridicând din umeri.

-Iar eu am o undă bună, înțeleg, Bryan presupuse, iar ea îl aprobă dând din cap. Hai să rezumăm, Becka. Tu ești vrăjitoare, iar eu sunt bogat. Mai e altceva ce ar trebui spus?

TREZIREA BECKĂI

Ea ridică din umeri din nou și își scutură capul. Rămaseră tăcuți o vreme, iar apoi ea se decise să vorbească din nou.

-Ar trebui să-ți spun că toți din familia mea sunt vrăjitori?

El o privi surprins și spuse:

-Pe bune? Toată lumea? Și toți pot face aceleași lucruri ca tine?

Ea râse când îi văzu uluirea și răspunse.

-Nu, nu toată lumea poate face aceleași lucruri. Unii pot citi gândurile, alții pot vindeca. Fiecare are propriul lui dar. Desigur, toți putem face chestii de bază, dar unii dintre noi au ales să nu le mai facă. Eu nu o fac. Nu e ca și cum pot ajunge prea departe acum, așa că...

-De ce? întrebă el complet surprins de tot ce avea ea de spus.

-Aceasta este partea despre care nu-ți pot spune... Sau cel puțin nu acum... Nu pot dacă există vreo șansă să fim împreună... Și dacă sântem predestinați să fim împreună, vei afla când este timpul. Sper să înțelegi și să nu încerci să mă presezi să...

Bryan o opri punându-i un deget pe buze.

-Nu trebuie să-mi spui nimic acum dacă nu poți. Am trecut peste primul obstacol, hai să lăsăm lucrurile așa. Când vei fi gata și vei putea, îmi vei spune, da?

Becka îl privi cu speranță, dar de fapt nu îndrăznea să spere ea la prea multe. Încă o mai durea inima și nu știa cum va supraviețui dacă el o va respinge din nou. Prima dată fusese mai mult decât destul.

-Vom fi împreună, Bryan?

Bryan o strânse mai aproape de el și o îmbrățișă. Ea simți că bărbatul nu mai voia să îi dea drumul.

-Da, dacă vrei să fii cu mine și mă poți ierta pentru cum am recaționat în ziua aceea la lac, da, putem fi împreună, iubito.

Ea aprobă dând din cap și, zâmbind, îl îmbrățișă la rândul ei cât de tare putea. Se strânse la pieptul lui și oftă cu satisfacție.

Fericirea îl inundă pe Bryan când văzu că era dornică să treacă peste cearta pe care o avuseseră și să fie din nou împreună. Era mulțumit numai să stea acolo cu ea în brațele lui și să asculte liniștea grădinii.

Lumina s-a schimbat, iar seara veni cu un vânt ușor, care șoptea prin multitudinea de flori care populau grădina Beckei. Ei tot cuibăriți împreună erau, nici unul dintre ei nedorind să-i dea drumul celuilalt.

Capul Beckăi se odihnea pe pieptul lui Bryan, iar Bryan o ținea strâns la pieptul lui. Își odihnea bărbia pe creștetul capului ei și se bucura de mirosul neobișnuit al părului ei.

-Vrei să vii înăuntru cu mine? șopti Becka după ceva vreme. Poate chiar să petreci noaptea cu mine?

Bryan zâmbi și îi ridică capul să vadă dacă s-a înroșit. Nu a fost dezamăgit. O roșeață ușoară îi pudrase obrajii, iar ochii îi străluceau în lumina amurgului.

Nu rezistă și o sărută cu toată dorința ce o nutrise pentru ea de-a lungul acelor zile în care nu putuse să o vadă.

Continuând să o sărute, se ridică cu ea bine cuibărită în brațele lui și o porni înspre casă. Numai când ajunse la ușa bucătăriei își ridică capul și o privi din nou, apoi balansând-o pe o coapsă, deschise ușa și o purtă înuntru, închizând ușa în urma lor cu piciorul.

-Deci care e dormitorul tău? o întrebă el, traversând bucătăria.

-La etaj, ultima cameră pe stânga, răspunse ea aproape fără răsuflare.

Nu îi venea să creadă că intenționa să o ducă în brațe tot drumul până la etaj. Era atât de romantic că inimioara îi cântă.

O sărută din nou, iar apoi o duse în dormitor. După ce a ajuns acolo, a lăsat-o jos și a căutat întrerupătorul ca să aprindă lumina, dar ea a fost mai rapidă decât el. Lumina puternică îi arse ochii și el clipi de câteva ori.

După ce i s-au obișnuit ochii cu lumina, Bryan mătură încăperea cu privirea și trebui să surâdă. Acea cameră vorbea clar despre Becka.

Era un dormitor care amintea de pragul dintre secolul nouăspreze și secolul douăzeci, înțesat cu perne și fotolii comfortabile pe o parte a încăperii. Pe partea cealaltă a camerei se găsea un dulap cu sertare mare și antic care lua aproape tot peretele și era acoperit cu poze înfățișând grupuri de oameni, unii tineri, alții mai în vârstă, și bibelouri, toate reprezentând zâne, eterice și fanteziste.

În spatele fotoliilor, o fereastră largă dădea spre grădina pe care el tot mai putea să o zărească deși era aproape întuneric afară. Pervazul ferestrei forma o bancă largă, care era acoperită cu perne groase colorate, iar el și-o putea imagina pe Becka întinsă acolo ca să citească.

Se întoarse spre Becka și văzu că îl observa cu atenție ca și cum încerca să ghicească ce gândea.

-Îmi place dormitorul tău, Becka. Te reprezintă întru totul. Prea multe perne pentru gustul meu, dar, ce naiba, ți se potrivește.

Ea îi zâmbi strălucitor şi avansă spre el cu mersul ei leneş. Rochia de vară îi acoperea picioarele numai până la genunchi, iar el se delectă cu priveliştea picioarelor ei bine formate de-a lungul scurtei ei călătorii spre el.

Cele două bretele care îi ţineau rochia pe umeri nu acopereau prea mult, iar el o găsi mai ademenitoare decât dacă ar fi fost îmbrăcată într-o cămaşă de noapte sexi.

Când ajunse la el, Becka se întinse şi-l sărută uşor pe buze. Acel sărut de-o clipă îl făcu să ardă şi mai tare pentru ea.

O trase în braţe şi o sărută zdravăn, modelându-i buzele după ale lui şi ronţăindu-i buza inferioară, iar în tot acel timp, îi mângâie umerii şi spatele.

Se uită în ochii ei din nou ca să se asigure că şi ea dorea să facă dragoste cu el. Trebuia să se asigure pentru că nu mai putea trece printr-o altă ceartă şi altă despărţire.

Când văzu că amândoi se aflau pe aceeaşi pagină, îi desfăcu fermoarul de la rochie şi apoi îi coborî bretelele pentru a-i descoperi bustul generos. Îşi linse buzele dorind să-i simtă sfârcul în gură şi îşi coborî capul pentru a-şi satisface pofta puternică. Ea oftă şi încercă să-şi păstreze echilibrul când el începu tortura dulce care-i plăcea ei atât de mult.

O conduse cu spatele spre pat şi o ajută să se întindă, iar apoi îi arătă cât de multă nevoie avea să facă dragoste cu ea.

CAPITOLUL 8

BRYAN IEȘI DIN DUȘ fluierând. Era într-o dispoziție foarte bună în ziua aceea. Împărtășise o noapte minunată cu Becka și se bucurase de lipsa ei de timiditate în pat, deși era încă timidă atunci când părăsea patul.

Tânăra femeie era cu adevărat ceva deosebit. Se dovedise a fi exact ce avea el nevoie de-a lungul nopții lungi pe care o petrecuseră împreună, dar și de-a lungul primei părți a dușului care se sfârșise cu pasiune împărtășită.

Bryan își dădu seama că era fericit, iar acela era un sentiment pe care nu-l mai încercase de atât de multă vreme că nici măcar nu-și mai amintea când fusese fericit înainte, dacă a fost vreodată.

Nu era numai felul cum făceau dragoste, deși era o experiență interesantă să facă dragoste cu Becka. Era deschisă și dorea să învețe cum să facă dragoste cu el și cum să savureze plăcerile pe care i le oferea el.

Dar în afară de aceasta, lui îi făcea plăcere să vorbească cu ea. Nu era genul de femeie care să trăncănească despre modă sau alte lucruri pe care bărbații nu le înțelegeau. Era capabilă să discute despre o largă varietate de subiecte și îl surprindea mereu cu punctele ei de vedere.

Bryan i-a povestit unele lucruri pe care le trăise în trecut. Desigur, nu scosese un cuvât despre cele mai rele dintre ele pentru că nu dorea să o sperie şi să o alunge. Spera că va fi capabil să-i împărtăşească şi restul în timp. Dar i-a povestit despre unele lucruri pe care le făcuse pentru că dorea ca ea să ştie că nimic nu era doar alb sau negru când venea vorba despre el.

Bryan considera că femeia trebuia să-l cunoască pe bărbatul cu care se implicase, pentru că, până la urmă, toate experienţele pe care le trăise îl transformaseră în bărbatul care devenise şi pe care ea îl iubea.

I-a spus despre dojo-ul său, iar ea s-a arătat interesată să-l vadă şi chiar şi-a exprimat dorinţa să se antreneze cu el, aşa că el i-a promis să o ia cu el acolo săptămâna viitoare.

Şi ea i-a dezvăluit ce vise avea şi i-a spus poveşti despre copilăria şi adolescenţa ei. A aflat lucruri interesante despre fraţii şi verii ei şi tot ce-a auzit l-a făcut să înţeleagă că familia ei era era o familie cu legături foarte strânse.

Ei erau foarte legaţi unul de celălalt, spre deosebire de membrii familiei lui. El îi povestise că nu-şi mai văzuse tatăl de peste douăzeci şi cinci de ani, de când plecase definitiv din viaţa lui.

Omul nu mai putuse convieţui cu mama lui. Limba ei ascuţită îi slăbise dorinţa de a-şi păstra căsnicia intactă şi îi întărise dorinţa de a trăi cât mai departe de ea. O dată ce a plecat nu a mai privit în urmă, nici măcar pentru a vedea ce-i mai făcea fiul.

Mama lui era cu totul altă poveste. Ea era încă prezentă în viaţa lui, chiar dacă numai pentru a-i face viaţa iadul pe pământ ori de câte ori se întâlneau. Ea considera că era de datoria lui ca fiu să o viziteze o dată pe lună şi în timpul acelor vizite, găsea o mare plăcere să-l aducă cu picioarele pe pământ ca să-şi vadă lungul nasului după cum spunea ea.

Acum Becka ştia că el nu-şi mai iubea mama. Probabil dragostea lui pentru ea dispăruse când avea vreo cinci ani. Era genul de femeie care abuza pe toată lumea cu o plăcere ciudată şi considera că toţi erau sub nivelul ei. Fiul ei fusese bun pentru diverse lucruri de-a lungul anilor, dar nu fusese suficient de bun pentru a fi iubit.

Şi cu totae acestea, el a avut grijă de ea. Avea propria ei casă şi primea de la el o pensie pentru a putea trăi comfortabil ca el să nu se simtă vinovat că nu-i stătea în apropiere să aibă efectiv grijă de ea, chiar dacă ea făcea tot posibilul să-l facă să se simtă astfel ori de câte ori avea posibilitatea.

Bryan se uscă cu prosopul şi se se îmbrăcă în grabă. Ştia că Becka se dusese la bucătărie. Îi promisese să îi pregătească micul dejun şi era puţin îngrijorat. El propusese să gătească el pentru amândoi, dar ea insistase. Îl asigurase că era singura masă a zilei pe care o putea găti, şi ardea de nerăbdare să-i arate talentele ei culinare.

Bryan zâmbi când îşi aminti tonul pe care îl folosise şi şi-a promis să îi laude eforturile chiar dacă gătitul ei era lipsit de orice aptitudine.

Coborî scările continuând să fluiere şi se îndreptă direct spre bucătărie. Dulcea lui Becka înjura cu voce tare. O auzi încă de pe hol şi înjurăturile ei l-au făcut să surâdă. Nu ar fi crezut că ea ar fi ştiut asemenea expresii.

Se părea că ceva se întâmplase cu ouălele. Becka vrusese să facă ochiuri, dar ouălele au refuzat să coopereze cu ea.

Zâmbetul de pe buzele lui se lărgi. Lui Bryan nu-i păsa dacă mânca jumară sau ouă ochiuri sau indiferent ce altceva. Îi păsa numai că ea s-a obosit să să îi pregătească micul dejun. Nu-şi putea aminti de nimeni altcineva care să-i fi pregătit micul dejun înainte.

Bryan intră în bucătărie, iar pentru o clipă nu reuşi să-şi ascundă şocul. Priveliştea era copleştioare. Din fericire, Becka era întoarsă spre maşina de gătit şi bodogănea aşa că nu-l auzise intrând.

Bucătăria era un adevărat dezastru. Cu o mână pe inimă, el îşi jură să nu o mai lase niciodată în bucătărie chiar dacă acel lucru însemna că el ar fi trebuit să gătească şi când era bătrân şi decrepit.

Femeia transformase încăperea aceea într-un haos complet, şi asta în mai puţin de cincisprezece minute. Bucătăria imaculată din seara precedentă arăta de parcă un uragan trecuse pe acolo şi răsturnase totul cu susul în jos.

Acum şi-a dat el seama de ce bucătăria ei părea neatinsă noaptea trecută. Probabil că nu gătea deloc.

-Pot să te ajut, Becka? o întrebă el, iar ea ţipă şi scăpă spatula din mână. Fusese atât de concentrată pe ce făcea, încât vocea lui o înspăimântase.

-Îmi pare rău, puiule, se grăbi el spre ea. Am crezut că m-ai auzit venind. Fluieram aşa că..., spuse el şi se aplecă să ridice spatula de pe jos, pe care apoi o aruncă în chiuvetă.

-Nici o problemă, Bryan. Numai că mi-ai dat un atac de cord, spuse ea cu tot flerul dramatic pe care îl poseda, apăsându-şi mâna ei mică peste inimă. Tocmai terminam de pregătit micul dejun. Cafeaua este deja pe masă. Du-te şi toarnă-ţi o ceaşcă şi aduc eu restul, bine?

El aprobă dând din cap, dar în momentul în care ea se întoarse spre mașina de gătit își scutură capul. Nu putea crede că o singură persoană putea face un asemenea dezastru numai pregătind micul dejun. Era de neimaginat.

În graba ei de a face totul, aruncase cojile de la ouă pe contoar lângă pachetul de bacon și cartonul de ouă, de asemenea uitate acolo. Firmituri zăceau peste tot.

Ceva se ardea, iar el presupuse că era pâinea părjită. Avusese dreptate. Alarma de incendiu se porni imediat, iar el se grăbi să deschidă ușa de la bucătărie spre grădină ca fumul să se disipeze mai repede. Apoi se îndreptă spre prăjitorul de pâine în grabă și scoase pâinea.

Becka deja începuse să plângă. Încercase să facă totul cât putea ea mai bine și nu făcuse decât să dea greș. Știa că nu avea nici un fel de aptitudini în bucătărie, dar se gândise că măcar micul dejun putea să-l facă fără ca totul să meargă prost și, mult mai important, fără ca să pornească alarma de incediu.

Micul dejun era singura masă pe care avea cât de cât curajul să încerce să o pregătească. Becka se temea că dacă ar fi încercat ceva mai elaborat de atât, bucătăria ei ar fi fost mistuită de flăcări.

Dar astăzi vrusese să-l impresioneze pe Bryan. Ei bine, l-a impresionat cu siguranță, nu era nici cea mai mică îndoială, dar nu în felul cum dorise să îl impresioneze.

Becka plângea de-a binelea acum, dar oricât de mult ar fi dorit, Bryan nu se putea duce la ea să o liniștească. Nu era timp pentru așa ceva pentru că avea probleme mai presante de care să se ocupe.

După ce a închis prăjitorul de pâine și a scos pâinea prăjită, Bryan se grăbi la mașina de gătit unde ouălele deveneau treptat o masă informă neagră-roșiatică. Era sigur că alarma de incendiu va trezi întregul cartier în curând.

Cu gesturi eficiente și măsurate, luă tigaia de foc și o aruncă în chiuvetă. După ce a aruncat o singură privire spre ouă și-a dat seama că nu le mai putea salva. Scuturându-și capul, se întoarse la mașina de gătit și o închise și pe aceea.

Bryan se uită în jur și adună pe pe contoar cojile de ouă abandonate și le aruncă în coșul de gunoi. Își șterse apoi mâinile pe un prosop de bucătărie și puse baconul înapoi în frigider.

După ce a mai aruncat o privire prin bucătărie, Bryan se spălă pe mâini și apoi, în sfârșit, se îndreptă spre Becka. Își petrecu un braț pe după ea și o adună la pieptul lui, sărutându-i colțul gurii tandru. Îi împinse blând capul în sus și îi șterse lacrimile cu degetul mare.

-Totul este bine, puiule, nu este sfârșitul lumii, să știi. Haide, oprește-te din plâns și hai să mâncăm baconul și pâinea prjită. Cred că acelea se pot încă mânca. Vom bea și cafea și totul va fi bine. Dacă tot vei mai fi flămândă după ce terminăm micul dejun, putem să mergem la Timmie's și să mâncăm acolo, da?

-Am vrut să fie totul perfect, se văită ea, făcându-l să zâmbească și să o mai sărute o dată.

-Totul este perfect, draga mea, o asigură el și o îmbrățișă din nou.

-Cum poți spune asta? strigă ea. Ouălele au fost un fiasco de la început, iar alarma aia de incendiu nu se mai oprește...

-Uite, tocmai s-a oprit. Nu se mai aude nici un sunet. Încăperea s-a aerisit, vezi. Fumul s-a dus. Uite s-a oprit, o consolă el din nou după ce ultimul bip al alarmei se stinse.

-Doream să fac ceva frumos pentru tine, plânse ea în hohote.

Becka nu înțelegea de ce era atât de emoțională și de ce nu se putea opri din plâns. Dacă se gândea bine, niciodată nu plânsese astfel înainte de ultimele zile și nici nu mai simțise masa aceea de emoții contradictorii.

-Haide, Becka, oprește-te din plâns, o scutură el cu blândețe. Ai făcut-o. Ai făcut ceva frumos pentru mine. Nimeni nu s-a obosit să-mi facă măcar o ceașcă de cafea vreodată așa că ai făcut pentru mine mai mult decât a făcut oricine în viața mea. Acum, oprește-te din plâns, te rog. Totul este în regulă, o bătu el pe spate liniștitor.

Becka sughiță de câteva ori și apoi îl lăsă să o conducă la masă și să o ajute să ia loc. Bryan turnă cafeaua și amândoi începură să ronțăie pâinea prăjită, care era complet înnegrită, și baconul, care, din fericire, era doar parțial ars.

Amândoi încercară să ignore sunetele de ronțăială care umpleau bucătăria. Era ca și cum un batalion de șoareci luau masa în același timp.

-Chiar îți apreciez efortul, iubito, dar de acum încolo, eu gătesc, da? îi spuse Bryan între două îmbucături. Și chiar vreau să-mi promiți că nu vei mai încerca niciodată să gătești. Vrei o mâncare făcută în casă, sunt disponibil. Oricând, zi sau noapte, voi fi aici pentru tine. Doar să nu mai încerci să gătești din nou. Nu vreau să aud că ți s-a mistuit bucătăria în flăcări, îi ceru el insistent, când mintea îi alergă la tot felul de scenarii oribile.

Becka îi promise cu o înclinare a capului, dar continuă să-şi ţină ochii aplecaţi şi nu spuse nimic. Se simţea înfiorător gândindu-se la nereuşita ei şi nici că putea să i se uite în ochi.

Niciodată nu îi păsase despre nepriceperea ei de a găti înainte, dar acum acea lipsă de aptitudini în bucătărie o resimţea ca un eşec şi îi părea rău că nu acceptase oferta mătuşii ei Marjorie să o înveţe să gătească.

Bryan îi împinse capul în sus şi îi zâmbi. Se aplecă şi o sărută, iar apoi îi spuse:

-Crede-mă, iubito, eşti o comoară. Nu ai de ce să te simţi ruşinată. Sunt convins că poţi face lucruri pe care eu nu le pot face, aşa că totul este perfect. Sântem pe picior de egalitate.

Ea aprobă dând din cap din nou, dar tot nu spuse nimic. Continuară să-şi mănânce micul dejun în tăcere.

-Ai vreun plan pentru astăzi? o întrebă el.

-Nu am făcut nici un plan de zile în şir, mărturisi ea, scuturându-şi capul. Nu m-am simţit în stare.

-Îmi pare foarte rău că te-am supărat atât de tare, se scuză el, dar ea îşi flutură mâna să-i îndepărteze îngirjorarea.

-A fost şi vina mea, aşa că... Oricum, diseară sunt obligată să merg la o cină în familie. Ai vrea să mergi cu mine?

Brusc, Bryan simţi că se sufocă. Era un pas mare să meargă la o cină în familie cu ea. Nu putea spune că era prea devreme pentru că deja ştia ce simţea pentru ea, chiar dacă se cunoscuseră de foarte puţin timp.

Acea săptămână şi jumătate fără Becka era o perioadă pe care nu mai dorea să şi-o amintească sau să o trăiască din nou. Şi cu toate acestea, nici măcar nu-i trecuse prin minte să-i cunoască familia.

TREZIREA BECKĂI

Bryan privi spre Becka și îi văzu speranța din ochi. Se simți ca un căpcăun pentru că dorea să o refuze. Așa că acceptă să meargă cu ea.

Auzindu-i răspunsul, Becka sări de pe scaun direct în poala lui, presărându-i chipul cu săruturi și făcându-l să râda. Era mulțumit că era atât de fericită cu decizia lui.

CAPITOLUL 9

BRYAN STĂTEA ÎN MAŞINA oprită în faţa casei Beckăi. Se afla acolo de aproximativ un sfert de oră deja şi tot nu găsea curajul să coboare şi să sune la uşa ei pentru a-i spune că a ajuns.

Purta pantalonii de la constum şi o cămaşă albă, deşi nu era prea sigur că era ţinuta corectă pentru a-i întâlni întreaga familie. Se gândise iniţial să poarte cel mai bun costum, dar seara era mult prea caldă şi nu credea că ar fi putut purta o haină. Mai mult decât atât, pur şi simplu ura să poarte cravată. Se simţea de parcă cineva l-ar fi strangulat, iar el deja avea impresia că gâtul îi era prea strâns. Nu dorea să se simtă şi mai inconfortabil.

Acea seară reprezenta o premieră pentru el. În nici una din relaţiile lui anterioare nu ajunsese atât de departe. Bryan nu se întâlnise niciodată cu părinţii femeilor cu care se întâlnea, poate din cauză că nu îl interesa femeia prea mult sau poate pentru că simţea că momentul nu era potrivit. Mereu găsise motive şi întotdeauna refuzase să apară la astfel de adunări.

De data aceasta, ştia că nu mai putea refuza. Bărbatul o dorea pe Becka în viaţa lui. Era absolut convins de aceasta şi ştia că dacă dorea să aibă o relaţie reală cu ea, atunci aceasta implica, din păcate, să-i întâlnească şi pe părinţii ei, indiferent cât de neplăcut i se părea.

Din tot ceea ce auzise de la Becka, trăsese concluzia că familia reprezenta un pilon central în viața ei și el nu putea să trateze acel lucru cu indiferență.

În afară de gândul că urma să-i întâlnească familia, ceea ce ar fi neliniștit orice bărbat care s-ar fi întâlnit cu părinții unei femei pentru prima dată, el de asemenea era îngrijorat pentru că urma să pășească direct într-un cuib de vrăjitori.

Niciodată nu se gândise la vrăjitori înainte de a fi martor la ceea ce putea face Becka. Întotdeauna considerase că astfel de lucruri nu erau decât bazaconii.

Însă în acea zi la lac, a fost obligat să-și reconsidere părerile. Nimic altceva nu ar fi explicat ce se întâmplase.

Dacă nu ar fi fost acele vârtejuri de vânt înghețat care l-au înconjurat, ar fi presupus că Becka avea aptitudini pentru telekinezie, iar aceea ar fi fost pe undeva mai aproape de un fapt științific. S-ar fi gândit și la hipnoză, ceea ce părea o teorie mai validă, dar luând în calcul circumstanțele, nu se prea potrivea. Se aflau în mijlocul unui argument așa că Becka nu ar fi putut să-l hipnotizeze, indiferent cât de bună ar fi fost.

Când nimic altceva nu s-a potrivit, a trebuit să accepte ceea ce părea a fi nerezonabil, dar cu toate acestea, unica posibilitate.

Becka i-a spus câte ceva despre membrii familiei ei ca să nu aibă impresia că este aruncat efectiv în necunoscut fără nici un fel de informație, dar cu toate acestea, efortul ei nu l-a liniștit.

Ideea că cineva ar putea să-i citească gândurile sau ar putea transforma întreaga masă într-o grămadă de broaște avea puterea de a-l face cam sceptic despre înțelepciunea lui de a le face acea vizită. Un bărbat sănătos la minte nu s-ar fi vârât în așa ceva dacă nu ar fi fost mai întâi lovit în cap zdravăn cu ceva, iar apoi ar fi fost târât în bârlogul lor.

TREZIREA BECKĂI

Pe de altă parte, nu ar fi putut să-i refuze Beckăi invitația dacă ar fi vrut să continue să o vadă și să o aibă în viața lui, iar el chiar dorea acel lucru.

Bryan își aruncă privirea la ceasul de la bordul mașinii și văzu că era aproape timpul să se ducă și să sune la sonerie. Sosise mai devreme pentru că știa că va avea nevoie de timp să se gândească din nou la tot și să se hotărască ce să facă sau, mai precis, să pretindă că trebuia să ia o hotărâre. Hotărârea sa fusese luată cu o zi în urmă când venise să o convingă pe Becka să-i mai dea o șansă.

Cu un oftat profund, ieși din mașină și, cu pași hotărâți, dar și resemnați, foarte asemănători cu pașii celor care se aflau pe drumul spre ghilotină, se îndreptă spre ușa Beckăi să-i sune la sonerie.

Bryan era convins că ușa ei nu era încuiată, considerând ce știa despre ea, dar nu voia să o facă să creadă că el avea impresia că putea veni și pleca după cum îi venea.

Tema din *Fălci* îl făcu să zâmbească din nou și se simți mai în largul lui cu alegerea lui decât se simțise cu câteva minute în urmă. Pașii ei grăbiți răsunară pe podeaua de lemn din hol, iar el și-o imagină alergând să-i deschidă ușa. Acea imagine din mintea lui avu darul să-i facă inima să crească un pic.

Nu greșea în ceea ce-și imagina. La sunetul soneriei, Becka se grăbise în jos pe scări, lăsându-și părul desfăcut. De vreun sfert de oră tot încercase să se decidă cum să-și aranjeze părul. Știa că în ochii familiei ei nu conta cum arăta, dar dorea să arate perfect pentru Bryan.

Becka crezuse că avea sentimente puternice pentru el înainte ca el să se întoarcă la ea cu o zi înainte, dar apoi, după ce a petrecut toată noaptea și jumătate din acea zi cu el, sentimentele ei au devenit și mai puternice.

Era decisă să facă tot posibilul ca relația cu el să reziste pentru că fără el se simțise mizerabil, iar viața ei păruse fără nici un fel de culoare. Nu dorea să mai treacă prin așa ceva din nou.

Becka deschise ușa, aproape fără răsuflare, și îi zâmbi larg. Bryan o trase în brațele lui și o sărută cu foc, de parcă nu o văzuse de zile în șir, chiar dacă nu trecuseră decât câteva ore de când și-au luat la revedere unul de la celălalt.

Ea îi înconjură gâtul cu brațele și se lăsă în voia pasiunii lui. Sărutul lui o făcu să uite complet de cina cu familia ei și de orice altceva mai avea în minte.

Nici măcar nu îi păsa dacă cineva i-ar fi văzut din stradă. Conta doar că se afla în brațele lui și că el părea să o iubească și să o dorească suficient de mult.

Bryan nu se simțea în stare să-i dea drumul. Avu nevoie de câteva săruturi lungi înainte de a fi capabil să se tragă înapoi. Abia atunci, îi zâmbi și el. Fiecare fibră din trupul lui se trezise la viață, cu o nevoie aprigă pentru ea.

Nu înțelegea cum de se îndrăgostise de acea femeie într-o perioadă atât de scurtă de timp, dar era îndrăgostit, până peste urechi, iar acela era un sentiment pe care nu-l mai încercase niciodată. Brusc, un gând straniu îi răsări în minte și el se încruntă.

-Care e problema? îl întrebă Becka văzându-i posomăreala și îngrijorarea care-i umbreau chipul.

TREZIREA BECKĂI

Bryan o privi fix, gândindu-se cum să îşi formuleze întrebarea, iar după numai câteva secunde de gândire, îşi găsi curajul să o întrebe despre ceea ce îl nedumerea.

-Uite, Becka, nu mă interpreta greşit, dar trebuie să ştiu ceva... Ceea ce simt pentru tine, este rezultatul unei vrăji sau... este real?

Becka se încruntă brusc la el şi se trase înapoi cu un icnet. Apoi se aruncă spre el şi îl pocni în piept cu pumnul folosindu-şi toată puterea.

-Cum poţi să mă întrebi aşa ceva? Tu... tu... eşti un ticălos.

Îl mai pocni încă o dată, doar că să se asigure că şi-a exprimat sentimentele cât mai clar, iar apoi încercă să-i trântească uşa în faţă, dar braţul lui îi blocă mişcarea.

-Becka, fii rezonabilă, puiule.

-Îţi arăt eu rezonabil... tu... tu... măgarule! strigă ea, întorcându-i spatele, şi, ieşind ca o furtună din hol, se îndreptă spre living cu furie.

În spatele ei, debaraua din hol se deschise cu un zgomot puternic şi toate hainele care se găseau înăuntru zburară afară şi se învolburară spre podea într-o ploaie de culori.

Bryan doar îşi scutură capul resemnat şi o urmă în încăpere, trecând fără nici un fel de mustrări de conştiinţă peste hainele care zăceau împrăştiate pe podeaua din hol.

De data aceasta, era pregătit sufleteşte pentru furtunile ei şi nu îl deranja defel să pătrundă în culcuşul leului. Îşi imagina că se afla în siguranţă pentru că ea îl plăcea suficient de mult şi se gândi că nu-i va face nici un rău.

El chiar spera că nu se înşela din moment ce nu ştia ce putea face o vrăjitoare cu adevărat. Îi trecu prin minte că ar fi trebuit totuşi să fi cercetat puţin subiectul acela pentru a fi mai informat şi pregătit, dar era puţin cam prea târziu pentru asta acum.

O găsi la fereastra din living cu lacrimi în ochi şi simţi un junghi în inimă să o vadă atât de mâhnită. Se urî pe sine însuşi pentru că din nou el era motivul pentru lacrimile ei.

Cu o zi în urmă îşi promisese că va face tot posibilul să nu o mai facă să plângă şi iată că, nici o zi mai târziu, o făcuse din nou.

-Iubita mea, o strigă el pe o voce blândă. Haide, nu mai plânge, îi puse el o mână pe umăr.

Încercă să o aline, dar nu avea prea mare experienţă în a alina pe cineva. El pur şi simplu pleca ori de câte ori o femeie începea să plângă. De data aceasta, să plece nu era o opţiune.

Becka îi scutură mâna de pe umărul ei şi îşi trecu degetele peste faţă pentru a-şi usca lacrimile. Apoi, se întoarse spre el şi îl privi cu tristeţe, dar şi cu hotărâre.

După ce îl privi câteva momente, spuse:

-Mai bine pleci acum, Bryan. Dacă asta crezi tu despre mine, atunci este clar că nu există nici măcar o şansă pentru noi doi să fim împreună, aşa că nu ar trebui să ne mai irosim timpul.

Bryan simţi un zid îngheţat ridicându-se între ei şi pentru prima dată în viaţă se simţi cu adevărat speriat. Mintea lui căută febril o cale să o convingă că tot mai aveau o şansă, dar după ce se zbuciumă câteva moment, consideră că era mai bine să îi spună adevărul.

-Uite, iubita mea, cam aşa stă treaba.

TREZIREA BECKĂI

La cuvintele lui, Becka îşi ridică privirea spre ochii lui, dar nu spuse nimic, permiţându-i să continue. Cu toate acestea, se gândea în mod serios să-l pună la pământ dacă mai spunea ceva care s-o rănească. Cel puţin putea încerca.

-Te vreau prea mult, puiule, şi sunt convins că faptul că te plac atât de mult înseamnă că te iubesc. Sentimentul este mult prea puternic ca să fie altceva. Acum, gândindu-mă că niciodată nu am fost îndrăgostit în viaţa mea, şi chiar niciodată, îşi accentuă el cuvintele, şi considerând că totul s-a întâmplat atât de rapid, a trebuit să mă întreb dacă ar fi putut fi la mijloc ceva ce ai făcut tu, pentru că nu par a fi eu însumi, pledă el.

Ea îşi îngustă ochii de furie, lucru ce prevestea o nouă furtună, aşa că el se grăbi cu explicaţia sa.

-Acestea fiind spuse, nu înseamnă defel că am vreun gând rău despre tine. Departe de mine un asemenea gând. Voiam doar să mă asigur că eu sunt cel care s-a îndrăgostit de tine. Fără nici un fel de interferenţă din afară. Îţelegi?

Becka nu-i răspunse, ci continuă să-l privească şi să reflecteze la cuvintele lui. Putea înţelege de ce el ar interpreta lucrurile în acel fel. Un bărbat de vârsta lui care nu a iubit niciodată s-ar fi simţit obligat să pună sub semnul întrebării validitatea sentimentelor lui, mai ales pentru că totul se întâmplase atât de repede. Era de înţeles. Cu toate acestea o durea că el, chiar şi numai pentru o clipă, s-a gândit că sentimentele lui fuseseră determinate de o vrajă.

Ea dădu din cap pentru a-i arăta că înţelegea că argumentul lui avea substanţă, iar apoi spuse:

-Înţeleg ce vrei să spui. Este un raţionament valid. Dar aceasta nu înseamnă că nu mă doare, Bryan, pentru că mă doare al naibii de rău... Ascultă, Bryan. Fiind o vrăjitoare nu înseamnă că automat poți face ce vrei. Există unele limite, niște hotare. Nu poți trece peste acele hotare pentru că mereu există consecințe. Iar pe lângă asta, cine naiba ar vrea să facă o vrajă ca cineva să se îndrăgostească de ea și să trăiască apoi cu acea persoană știind că dragostea aceea nu este reală? Spune-mi! îl întebă ea și-l plesni peste piept.

El o trase în bațe și îi sărută creștetul capului, iar apoi îi șopti:

-Nu am vrut să te rănesc. Am vrut doar să fiu sigur că eu eram cel care s-a îndrăgostit de tine în mod real.

-Bine, atunci. Și acum ce urmează? Vrei să te desparți de mine sau ce? Pentru că nu cred că există vreo cale să ți-o dovedesc. Pot să strig că nu am făcut nimic de pe acoperișurile caselor, dar asta nu dovedește nimic.

El o împinse la distanță de un braț și o privi cu nedumerire.

-Ești serioasă? Cum crezi că ar fi mai bine dacă ne-am despărți? Nu există nici o îndoială că vreau să fiu cu tine. De unde Dumnezeu scoți ideile astea?

Becka ridică din umeri din nou și el se gândi că într-adevăr găsea că acel obicei al ei era fermecător. Arăta ca o școlăriță pusă pe șotii, iar pentru o clipă gândul că era mult prea tânără pentru el îi răsări din nou în minte și el se luptă să-l înnăbușească.

Bryan nu voia ca ceva să stea în calea relației lor, dar cu toate acestea, se simțea ca un hoț într-un fel, care îi fura ei tinerețea. Se gândi să-i mărturisească acel gând, dar mai apoi decise că nu ar fi fost prea înțelept. Femeii chiar îi plăcea să fie dramatică și el nu dorea să-și epuizeze toate resursele ca să o calmeze din nou. Știa că va avea nevoie de ele atunci când îi va vizita familia.

TREZIREA BECKĂI

Nu era ca și cum el nu i-ar fi apreciat dramatismul. Becka avea un fler înnăscut pentru o scenă bună și arăta foarte autentic. Era ceva inerent firii ei.

Acum, că se gândea la asta, și-a dat seama că ea era prima femeie a cărei înclinație spre dramatism o gusta. În trecut, ieșea imediat pe ușă atunci când o femeie devenea teatrală cu el. Dacă acela nu era un semn că era îndrăgostit până peste vârful urechilor, el unul nu mai știa unde să se uite.

Bryan își trecu privirea peste ea de la creștetul capului și până la vârful picioarelor. Îi plăcea enorm felul în care rochia albă îi îmbrățișa curbele. I se oprea o palmă deasupra genunchiului ceea ce lăsa o bună parte a picioarelor ei la vedere.

Aprecia și că ea purta alb. Marea parte a femeilor încercau să poarte doar negru sau alte culori închise numai pentru că aveau impresia că arătau mai suple.

Bărbatul o admira pe Becka din cauză că originalitatea ei era atât de înviorătoare. Îi plăcea că se simțea bine în propria ei piele și era capabilă să se vadă la fel de frumoasă cum o vedea el.

-Apropo, arăți fantastic, puiule. Familia ta va fi șocată să te vadă cu mine. Ar fi trebuit să port cravată sau ceva. Rochia ta este elegantă, iar eu arăt atât de neglijent. De fapt nu prea am eu cunoștințele necesare despre modă sau cum să-mi aleg hainele, își scutură el capul cu regret.

-Fii serios, Bryan, își flutură ea degetele pentru a-i îndepărta temerile. Arăți exact așa cum trebuie. Ți se potrivește și eu te vreau pe tine, nu replica unui playboy. Oricum, unii dintre verii mei vor purta blugi, chiar dacă numai ca să o înnebunească pe străbunica. Toți avem un motiv de discordie în ceea ce privește, iar aceasta este metoda lor de a se revolta, știi tu, îi surâse ea.

-Dar tu nu?

-Şi eu am acelaş motiv să fiu supărată pe ea, nici o grijă, aprobă ea din cap. Cu toate acestea, am descoperit că dacă port blugi la cina de familie o supără şi pe mama aşa că..., ridică ea din umeri. Oricum, arăţi foarte bine, iar dacă Matt nu vine îmbrăcat într-unul dintre costumele pe care le poartă la întâlnirile lui de afaceri, vei fi unul dintre cei mai bine îmbrăcaţi bărbaţi de la masă, aşa că nu ai nici cel mai mic motiv să-ţi faci griji, îl bătu Becka liniştitor pe braţ.

Bryan dădu din cap şi o împinse spre hol ca să poată pleca. Când Becka îşi văzu toate hainele de toamnă şi iarnă pe podea, gemu. Nu îşi dăduse seama ce se întâmplase mai devreme când a părăsit holul furioasă. El numai surâse la ea şi o mângâie pe umăr pentru a-i arăta că nu era o problemă pentru el.

-Nu este nici o problemă, Becka. Cel puţin acum că sunt pregătit să văd lucruri zburând în jur, nu mai este un şoc prea mare pentru sistemul meu, îi spuse el cu acelaşi surâs pe buze.

Ea îşi îngustă din nou ochii. Încercă să determine dacă el făcea haz de ea sau nu, dar alese să nu spună nimic. Se apucă să adune hainele de pe podea. Bryan o ajută şi terminară în câteva clipe, aşa că putură în sfârşit să plece.

BECKA ÎI ADMIRĂ MANIERA de a conduce. Bryan era sigur pe sine, dar nu era deloc agresiv. Nu voia să dovedească nimic nimănui şi nu îi păsa când alţii încercau să-l depăşească.

-Le-ai spus părinţilor tăi că mă aduci la cină? întrebă el aruncând o privire spre ea şi admirându-i postura.

TREZIREA BECKĂI

Ea arăta ca o Madonă, toată în alb, cu mâinile încrucişate în poală cu grijă, iar chipul îi era senin.

Ea aprobă dând din cap.

-Le-am spus că vin cu prietenul meu, dar nu le-am dat nici un fel de detalii.

El o privi surprins. Din câte ştia el, femeile obişnuiau să dea toate detaliile, inclusiv cele care ar fi trebuit să le păstreze secrete. Atitudinea aceea era extrem de nouă pentru el.

-Nu-mi spune că nu ți-au pus întrebări, îşi arătă el scepticismul.

Becka se agită în scaunul ei câteva secunde, dar se decise să fie sinceră cu el, aşa că spuse:

-Ei bine, văd că ştii deja. Mama a fost foarte încântată să audă că am un prieten, pentru că nu mai spera să am vreodată vreunul. Ştii tu, aveam prostul obicei să gonesc toţi tipii... Erau fie prea plictisitori, fie prea supărători, aşa că... nu e mare lucru... Oricum, ea a pus doar câteva întrebări, iar eu i-am dat numele tău şi o descriere generală. Atâta tot. Tata voia mai multe amănunte, dar i-am tăiat-o scurt. El este exagerat de protectiv şi are talentul să mă înnebunească. Plus că l-ar fi trimis pe fratele meu la tine să se asigure că totul este bine cu fetiţa lui şi asta ar fi fost mult prea stânjenitor.

Bryan râse când îi auzi tonul îmbufnat şi îşi aruncă privirea la ea tocmai la timp să o vadă ţuguindu-şi buzele. Avea momente când părea o adolescentă, dar nu îl deranja, chiar dacă până la ea niciodată nu îşi aruncase ochii spre adolescentele care îi tăiau calea.

-Nu ai mai râde dacă l-ar trimite pe Alex la tine, îl avertiză ea. Alex este un frate dulce, dar poate fi o durere în fund în acelaş timp.

Bryan râse şi mai tare. Niciodată nu şi-ar fi imaginat că dulcea Becka ar folosi astfel de cuvinte şi era încântat să vadă că îl putea surprinde mereu. Nu i-ar fi surâs o relaţie liniară defel.

CAPITOLUL 10

BRYAN SE SIMȚEA CA un idiot ținând un buchet mare de trandafiri în mână și așteptând în fața casei părinților Beckăi.

Becka insistase că puteau pur și simplu să meargă înăuntru, dar el refuzase propunerea ei și îi ceruse să sune la sonerie, cum făceau oamenii obișnuiți când vizitau pe cineva. Becka îi făcu semn că este nebun, dar observând cât de decis arăta, a cedat dorinței lui.

Femeia a apăsat butonul soneriei și acum aștepta cu anxietate lângă el să se deschidă ușa. Se întreba ce va spune mama ei văzând-o în fața ușii din moment ce ea niciodată nu sunase la acea sonerie. Obiceiul ei era să intre năvalnic în casă.

Becka fusese impresionată când Bryan a luat un buchet uriaș de trandafiri de pe locul din spate după ce s-au oprit în fața casei părinților ei. Nu ar fi crezut că acel tip dur s-ar fi gândit la flori.

Acum, se amuza pentru că putea să remarce că nu era în largul lui stând acolo cu acele flori în mână. Era adevărat, nu arăta ca un bărbat obișnuit să aducă flori. Nu era genul lui. Brusc un alt gând îi răsări în minte și se încruntă, întorcându-se spre el.

-Mie nu mi-ai adus niciodată flori, îl acuză ea bosumflată.

La izbucnirea ei neașteptată, Bryan își întoarse ochii spre ea de parcă i-ar fi crescut un corn chiar în mijlocul frunții. Acea izbucnire venise de nicăieri.

Pentru o clipă nu a înțeles de ce s-a supărat, iar abia apoi ceea ce spusese i se înregistră în minte. O privi, iar de nedumerire sprâncenele i se adunară.

-În primul rând, întâlnirile noastre au fost cam neconvenționale, puiule. Nu mi se prea părea oportun să-ți aduc flori când am venit să te iau pentru a ieși pe lac sau când am venit să îmi cer scuze... Okay, poate când am venit să-mi cer scuze, spuse el după ce se opri o secundă pentru a regândi ceea ce spunea.

Brusc, Bryan își dădu seama că exact când a venit să-și ceară iertare ar fi fost momentul potrivit să-i aducă flori, dar nici măcar nu se gândise la așa ceva. Pentru a-și acoperi gafa, continuă în forță:

-În al doilea rând, ce flori aș putea să-ți aduc când tu ai grădina aceea? Cum aș putea eu să concurez cu așa ceva?

-Nu e vorba despre a concura, Bryan, îi îndepărtă ea explicația șubredă cu o fluturare a degetelor. Uite, i-ai cumpărat flori mamei mele, iar mama mea are și ea o grădină, deci... întrebarea rămâne aceeași. De ce nu mi-ai aduce și mie flori? îl întrebă ea, demonstrându-și încăpățânarea, deși știa bine că alesese un bărbat care putea să fie romantic cu ea pe alte căi, dar care nu i-ar fi luat niciodată o floare. Nu îi era felul, iar acela era norocul ei.

Bryan își scutură capul ca și cum ar fi avut nevoie să și-l limpezească, iar apoi decise să-i răspundă. Exact când își deschise gura să-i dea replica, ușa se deschise și o femeie în jur de cincizeci de ani le zâmbi la amândoi, salvându-l de la necesitatea de a-i da Beckăi un răspuns care probabil ar fi supărat-o şi mai mult.

O privi pe femeia din cadrul uşii şi remarcă imediat că Becka era replica aproape exactă a mamei sale. Bryan zâmbi şi se gândi că Becka va arăta fantastic şi când va fi de vârstă medie, considerându-i zestrea genetică.

-Oh, iubito, eşti aici în sfârşit, femeia gânguri şi o îmbrăţişă pe Becka, sărutând-o pe ambii obraji după moda europeană.

O mai strânse câteva clipe în braţe, iar apoi, în sfârşit, îşi întoarse ochii strălucitori spre Bryan.

-Pe cine avem aici, draga mea? întrebă ea.

Auzind-o vorbind, Bryan îi mulţumi cerului că Becka nu moştenise şi vocea mamei sale. Era una dintre acele tipuri de voci pe care nu le suferea. Îi reamintea de văicăreala şi învinuirile constante ale mamei lui.

Dar cu toate acestea, cum nu putea face altfel, continuă să zâmbească. Ştia că nu putea nici măcar să dea un semn de crispare. Trebuia să-şi păstreze acel zâmbet fals pe buze chiar dacă aceea necesita un efort uriaş din partea lui. Dacă s-ar fi crispat, ar fi însemnat să nu-şi înceapă vizita foarte bine şi ar fi putut avea consecinţe pe termen lung.

El îşi întinse mâna şi îi spuse:

-Eu sunt Bryan, doamnă.

Îi strânse mâna scurt şi îi înmână florile, care încă erau un motiv de nemulţumire pentru Becka. Îşi făcu imediat o notă mentală să-i cumpere flori cât mai curând posibil.

Femeilor le plăceau florile, îşi aminti el, şi le asociau cu romantismul, deşi el nu înţelegea de ce. El credea în a arăta ce simţea prin ceea ce făcea, iar gestul de a aduce flori unei femei nu prea se afla în capul listei sale.

Emilie, mama Beckăi, îi zâmbi şi îi invită pe amândoi în casă, trăncănind constant şi făcându-l să nu se simtă în largul său. Dar Bryan se găsea acolo pentru Becka şi era hotărât să facă tot ce putea pentru a nu o supăra sau stânjeni în faţa familiei ei. Dacă trebuia să o asculte pe acea femeie vorbind toată seara, era dispus să o facă.

Părinţii Beckăi trăiau într-un adevărat conac, dacă era să se ia după mărimea clădirii. Şi casa lui era mare, conform standardelor lui, dar aceasta era mult mai mult decât atât. De afară, arăta destul de impresionant şi oarecum intimidantă, dar interiorul casei era mult mai impunător.

Mărimea holului de la intrare era foarte generos. Acesta era acoperit cu dale pictate cu motive florale. Uimit, observă lângă zidul din stânga o masă frumoasă, care pur şi simplu ţipa că a fost creată undeva în secolul optsprezece. Nu ar fi fost tipul de masă pe care el ar fi ales-o pentru holul de la intrare şi era convins că locul acelei mese ar fi fost într-un muzeu.

Holul conducea spre o încăpere circulară unde remarcă aceleaşi dale, dar cu un motiv geometric de data aceasta. Şi această încăpere părea să fie un hol, iar aceasta chiar îl nedumeri. Nu vedea necesitatea a două holuri.

Imediat după ce au intrat în acea încăpere circulară, a auzit mai multe voci venind dinspre stânga. Vocile se amestecau în conversaţie, dar el nu putea distinge nici un cuvât. Era doar o cacofonie de sunete.

TREZIREA BECKĂI

Acum, văzând casa părinţilor ei, Bryan era absolut convins că Becka niciodată nu a avut nici un fel de intenţii privind averea lui, iar mânia ei de la lac părea mult mai de înţeles. Acuzaţiile lui trebuie să fi venit ca o lovitură pentru ea. Îşi imagină că s-a simţit ofensată şi rănită în acelaş timp, şi avea tot dreptul să se simtă astfel.

Nu putea fi sigur că ar fi putut compara ceea ce poseda el cu averea familiei ei. Se vedea de departe că acea casă aparţinea unei familii foarte bogate şi se minună că era posibil ca Becka să trăiască în căsuţa aceea mică în oraş când părinţii ei trăiau astfel, pentru că din ceea ce văzuse până atunci, nu se părea că nu-şi iubeau fiica.

Cu toate acestea, Bryan nu era deloc dezamăgit din moment ce îi plăcea să creadă că era la fel de nerăsfăţată şi reală pe cât părea. Nu observase că ar fi suferit de sindromul fetei bogate.

Becka nu era pretenţioasă şi nu cerea să fie scoasă la cluburi sau restaurante scumpe şi fusese încântată de mâncarea pregătită de el, care nu se compara deloc cu ceea ce se găsea în restaurantele la modă.

Emilie îi conduse în linvingul care era de cel puţin de zece ori mai mare decât al Beckăi. Era un spaţiu vast acoperit de mai multe covoare Aubusson, dar cu toate acestea, părea în dificultate să adăpostească toţi oamenii din interior.

Bryan avu impresia că a păşit în mijlocul unei petreceri. El înţelesese că fusese invitat la o cină de familie, totuşi.

Privind în jur, el remarcă unele din chipurile pe care noaptea trecută le văzuse în pozele afişate în dormitorul Beckăi.

Becka îşi dădu seama că el nu era în largul lui şi îi luă mâna, strângându-i-o uşor pentru a-l încuraja. Bărbatul privi spre ea cu întrebări în ochi, iar ea îi strânse mâna din nou pentru a-l linişti şi a-i spune că totul va fi bine. Dar, cu toate acestea, se înşela.

-Ţi-am spus că am o familie mare, Bryan. Cel puţin, aşa îi întâlneşti pe toţi în acelaş timp şi gata. Văd că toată lumea este aici, îi zâmbi ea, iar zâmbetul ei, ca întotdeauna, avu darul de a-l face să se relaxeze.

Un bărbat de vârstă mijlocie, aproape de aceeaşi înălţime ca şi Bryan, veni spre ei cu paşi supli şi o îmbrăţişă pe Becka.

-Cum o mai duci, iubito? Nu cred că am auzit prea multe de la tine de-a lungul ultimelor două săptămâni, îşi formulă el reproşul cu blândeţe.

-Oh, tati, sunt bine. Şi am vorbit cu tine, cum poţi spune că nu? replică ea, iar vocea ei îi dezvăluia dragostea pe care o nutrea pentru tatăl său.

-Am spus 'nu prea mult', Becka, nu că nu ai vorbit cu noi defel, o corectă el cu blândeţe, iar apoi ochii i se îndreptară spre Bryan.

Bryan remarcă imediat că bărbatul mai în vârstă l-a displăcut pe loc. Nu era prea dificil de văzut deoarece neplăcerea lui era clar înscrisă pe chipul lui şi toată lumea putea să o remarce. Cum nu dorea ca ceva să-i strice seara Beckăi, încercă să nu arate nici un fel de expresie pe faţă. Becka era o femeie inteligentă şi ar fi văzut imediat că ceva era în neregulă.

-Deci pe cine avem noi aici? întrebă Gabriel pe un ton grav.

-Tati, acesta este prietenul meu, Bryan, interveni Becka, vocea ei răsunând de fericire.

TREZIREA BECKĂI

Bryan îi strânse mâna bărbatului mai în vârstă şi îşi aplecă capul cu respect. Nu ştia ce să îi spună şi nu dorea să intre în nici un fel de argument dacă ar fi fost posibil să-l evite.

Din nefericire, şi Bryan greşea în estimarea lui la fel de mult ca Becka. Indiferent de ce îşi dorea el, lucrurile aveau felul lor de a evolua şi nu se prea oboseau să-i ceară şi lui părerea.

Mai mulţi oameni veniră în jurul lor şi el începu să se simtă înghesuit. Deşi toţi se purtau frumos cu Becka, aproape toţi aruncau priviri urâte în direcţia lui, de parcă s-ar fi târât de undeva dintr-un canal. Aparent, nu le plăcea deloc gustul ei în prieteni.

Bryan îşi spuse că nu-i păsa şi că, până la urmă, vor trebui să-i accepte prezenţa în viaţa Beckăi, pentru că el, unul, nu avea nici cea mai mică intenţie să-i lase să-l alunge.

Gabriel, tatăl Beckăi, decise să fie el primul care să înceapă atacul împotriva lui.

-Deci ce crezi tu că faci cu fetiţa mea?

-Tati! icni Becka şocată de ieşirea tatălui ei şi se întoarse spre el cu ochii mari şi gura ei mică arcuită deschisă într-un '*o*' perfect.

-Poftim? întrebă Bryan pe un ton calm, deşi întrebarea îl mâniase.

Îşi dăduse el deja seama că nu făcea parte din clasa lor socială, dar aceasta nu însemna că era un gunoi.

-M-ai auzit foarte bine, tinere, repetă Gabriel. Ce crezi că faci cu fata mea? În primul rând eşti mult prea în vârstă pentru o fată ca ea, îi explică tatăl ei de ce avea sentimente negative faţă de el.

-Tată, cred că pot alege pe cine doresc, începu Becka pe un ton certăreț, dar nu reuși să mai continue pentru că a fost întreruptă imediat.

-Da, iubito, poți, dar alege pe cineva de vârsta ta, îi spuse tatăl ei pe un ton conciliatoriu.

-Și poate nu un criminal, dacă este posibil, Becka, decise Ariel să intervină, întorcându-și nasul de la cicatricea care marca obrazul lui Bryan.

Deja chipul lui Bryan arăta de parcă ar fi fost tăiat în piatră. Se gândise destul la acea întâlnire și știuse că acelea vor fi argumentele lor, dar acum că totul devenise real, se simțea înghețat până la oase.

Bărbatului nu îi plăcea cum evoluau lucrurile pentru că se părea că relația lui cu Becka se găsea în discuție.

Nu se obosi să-i răspundă surorii Beckăi, dar o judecă într-o clipă. Era una dintre acele femei crispate care au avut nenorocul să aibă numai neplăceri în viață și, de aceea, se răzbunau pe toți ceilalți.

-Becka știe ce face, vărul ei Jay se implică în discuție și-i câștigă recunoștința lui Bryan. Doar toți știți că este cea mai inteligentă dintre noi când vine vorba de oameni. Și eu nu aș vorbi dacă aș fi în locul tău, se întoarse el spre Ariel.

Lui Bryan îi plăcea bărbatul. Era în fond de partea lui și chiar dacă știa că Jay era cartofor, acel lucru tot nu conta deloc pe moment. Era important doar că îi lua apărarea Beckăi și îi scurtase nasul lui Ariel un pic.

-Cum îndrăznești? începu Ariel să strige. Cum îndrăznești să-mi spui mie așa ceva? Este sora mea și trebuie să am grijă de ea.

-Da, se implică Alex în discuția generală.

TREZIREA BECKĂI

Bryan știa că era fratele Beckăi pentru că ea îi arătase poza lui noaptea trecută.

-Tu trebuie să o lași pe Ariel în pace. Iar tu, Becka, ar trebui să te gândești mai bine la tipul de oameni cu care te implici.

-Ar trebui? Ar trebui să mă gândesc mai bine? crescu vocea Beckăi în intensitate. Cum îndrăznești să vorbești astfel despre Bryan, idiotule? Este de zece ori mai bun decât tine.

De-acum Becka striga de-a binelea, iar Bryan observă că unele dintre bibelouri o luaseră din loc și acum cădeau la pământ într-un vârtej, urmate de câteva perne ce se aflau pe sofa. Nimănui nu părea însă să-i pese, deci probabil astfel de scene erau obișnuite pe-acolo.

-Becka, puiule, îi atinse el brațul și încercă să o aline, dar ea nu acceptă să se calmeze.

Se întoarse spre mulțimea adunată cu mâinile strânse în pumni pe șolduri, și spuse:

-Acesta este prietenul meu. Și accentuez: *prietenul meu*. Luați seama la cuvintele mele: fie începeți să-l tratați așa cum merită și să-l primiți în familia noastră sau eu am plecat de-aici.

Jay interveni imediat:

-Nu-ți fă probleme, Becka, eu sunt de partea ta. Te susțin până la final. Hei, omule, spuse el și îi întinse mâna lui Bryan. Sper că ești bine. Știu că sântem o gloată dusă cu pluta. Tu numai nu da nici o atenție nimănui, iar totul va fi foarte bine. Becka știe ce face, își repetă el comentariul de mai devreme și-l bătu pe Bryan pe umăr.

Bryan îi strânse mâna zâmbind. În afară de Emilie, care probabil doar își juca rolul de gazdă bună, aceasta era prima față prietenoasă pe care o vedea în acea casă.

Bucuria i-a fost însă de scurtă durată pentru că o femeie bătrână, care avea cel mai alb păr pe care-l văzuse vreodată, se apropie de ei cu pași apăsați. Toată lumea se dădu imediat din calea ei să-i facă loc să treacă.

Părea că femeiea reprezenta o parte extrem de importantă a familiei. Toată lumea părea să țină cont de părerea ei. Bryan îi analiză figura și îi admiră postura.

Era ea foarte în vârstă, dar mergea ca un general. Liniile de pe chipul ei stăteau mărturie tragediei care îi marcase viața. Nu părea defel o femeie plăcută, dar în tot cazul, era cu adevărat formidabilă pentru o femeie atât de în vârstă.

-Deci tu ești vânătorul de averi, din câte văd, spuse ea într-o voce răsunătoare, străpungându-l cu cu ochii.

Timp de o clipă, tăcerea domni în încăpere. Marea parte dintre cei de acolo se gândiseră la aceasta, dar, până atunci, nici unul nu a îndrăznit să aducă acel subiect în discuție. Se priviră unul pe celălalt în șoc, dar în afară de câteva sprâncene ridicate și câteva guri rămase deschise, nici unul nu s-a mișcat și nu a spus nimic.

Becka și Bryan au privit-o cu ochi uluiți, iar apoi s-au privit unul pe celălalt. Ironia era pierdută pentru ceilalți, dar nu pentru ei doi. Amândoi izbucniră în râs, iar Becka căzu în brațele lui râzând de parcă și-ar fi pierdut mințile.

Toți se uitau la ei, gândindu-se că au înnebunit. Nici unul nu vedea ce era atât de amuzant în a acuza pe cineva că ar fi un vânător de zestre.

Becka se trase puțin înapoi și, privindu-l pe Bryan jucăuș, îl întrebă printre hohote de râs:

-Cum te simți când ești tu ținta?

Bryan râse din nou și o sărută zdravăn pe gură, ceea ce provocă câteva icnete de la mulțimea din jur. Se părea că o astfel de purtare nu era acceptată în acea casă. Lui Becka și lui Bryan nu părea să le pese, însă.

Toată tensiunea pe care Bryan o simțise înainte dispăruse acum. Becka mereu avea acel efect asupra lui. Îi înconjură umerii Beckăi cu un braț și apoi amândoi confruntară audiența.

-Ei bine, doamnă, spuse el politicos, privind-o pe femeia mai în vârstă direct în ochi și aplecându-și capul pentru o secundă, ca un semn tardiv de respect, sunt aici. Nu ca un vânător de zestre, dar tot sunt aici și intenționez să stau. Nu neapărat în această casă, se gândi el să menționeze pentru ca nimeni să nu-l înțeleagă greșit, dar alături de Becka.

Bătrâna femeie își îngustă ochii periculos la el și spuse pe o voce aspră:

-Nu-mi place de el, Becka. Aruncă-l înapoi în lac.

Becka se uită fix la străbunica ei șocată, iar apoi își scutură capul. Se așteptase ea la ceva opoziție, dar nu se așteptase la astfel de lucruri. Nu se așteptase defel să audă astfel de lucruri. Orice simț de decență dispăruse și toți îl atacau pe Bryan de parcă ar fi fost un nimic.

-Nu este un pește pe care să-l arunc înapoi în lac și nu este un obiect, spuse ea pe un ton oțelit pe care Bryan nu-l mai auzise niciodată de la ea.

Se gândi că acum avea ocazia să vadă o altă latură a Beckăi, iar aceasta era la fel de fascinantă ca și toate celelalte.

-Este o ființă umană, un bărbat și este al meu, indiferent dacă tu îl placi sau nu. Nu tu decizi pentru mine. Eu îl iubesc și el mă iubește și asta este tot. Cazul s-a închis, declară ea cu hotărâre, fluturându-și mând și lovind și podeaua cu piciorul drept pentru a pune punctul pe i.

Un bărbat tânăr, apropiat ca vârstă de el, înaintă și îi strânse mâna lui Bryan.

-Bun venit în tribul nostru, omule, chiar dacă este un spital de nebuni. Eu sunt Matt. Cred că Becka a ales bine, spuse el pe un ton serios.

Bryan îi strânse mâna. Sinceritatea din vocea lui Matt îl impresionase. În sfârșit, mai era cineva care îl primea în mijlocul lor, fără să încerce să îl jignească mai întâi.

-Mulțumesc, Matt, spuse el. Este o plăcere să te cunosc. Pot să te asigur de asta, spuse Bryan zâmbindu-i larg.

-Nonsens, bătrâna vrăjitoare i-o întoarse, înaintând. Becka, încheie această relație prostească imediat. Acesta nu este genul de bărbat cu care să te asociezi. Dacă ai nevoie de careva, îți vom găsi un bărbat drăguț dintr-o familie bună.

Vocea ei ajungea departe. Era genul de femeie care își exprima opiniile cu zgomot și, de obicei, toată lumea o asculta. Nu de data aceasta, însă.

Becka îi luă mâna lui Bryan și spuse:

-Plecăm, Bryan. Dacă familia mea nu înțelege să te accepte, atunci vom pleca și asta este. Nu voi mai veni la cinele viitoare, mamă, sper că înțelegi, îi spuse ea mamei sale peste umăr, îndreptându-se spre ușă și trăgându-l pe Bryan după ea.

Emilie era şocată. Scânci şi îşi acoperi gura cu o mână tremurătoare. O cunoştea pe Becka şi îndărătnicia ei. Când ea decidea ceva, atunci nimic nu o mai putea face să-şi schimbe părerea, iar ea nu dorea să-şi piardă mezina.

-Becka, te rog, pledă ea, dar Becka nu dădu nici un semn că ar fi auzit-o şi continuă spre uşă.

-Dacă părăseşti această casă cu el acum, voi avea trustul schimbat luni dimineaţă. Nu vei primi nimic, spuse străbunica ei pe un ton categoric. El te va părăsi atunci pentru că nu vor mai fi bani din care să se înfrupte, dar va fi prea târziu pentru tine să-ţi primeşti banii, pentru că eu nu voi mai reveni asupra acestei hotărâri.

Toată lumea îngheţă. Nici unul dintre ei nu crezuse că Rebecca ar fi în stare să facă aşa ceva. Nu îl ameninţase pe Matt când venise cu Velma sau pe Jay când a încercat să o înşele. De asemenea, ştiau bine că dacă ea lua vreo hotărâre în legătură cu ceva, nu mai revenea asupra ei.

Becka se opri şi se întoarse spre ea, mereu trăgându-l pe Bryan în urma ei. El o putea simţi tremurând de furie şi era convins că în scurt timp totul va începe să zboare prin jur.

Becka se opri în faţa Rebeccăi şi, pe un ton dur, i-o întoarse:

-Nu am nevoie de banii din trustul tău. Vin cu condiţii ataşate, iar mie nu-mi plac acele condiţii. Poţi să îi iei şi să faci ce vrei cu ei.

-Hmm, replică bătrâna vrăjitoare, privind-o atent. Şi cum vei trăi? Şi ce crezi despre ăsta? arătă ea spre Bryan. Crezi că va sta cu tine când rămâi fără un chior? spuse ea privindu-l pe Bryan cu dispreţ.

-În primul rând, dragă străbunică, spuse Becka pe un ton dulce fals, oamenii lucrează în zilele noastre și câștigă banii de care au nevoie ca să trăiască. Foarte puțini au nevoie de bani puși în trusturi pentru a putea plăti pentru cheltuielile zilnice. Sunt tânără și pot munci. Și dacă vrei, putem face și pariu că Bryan nu mă va părăsi, încheie ea pe un ton triumfător, iar Bryan o iubi și mai mult în acel moment.

-Așa crezi tu, fată? Atunci, continuă, părăsește această casă. Să vedem noi cine îți va mai plăti pentru școală și pentru casă și haine și mâncare. Crezi că te va întreține el? își înclină ea capul cu dipreț spre Bryan.

-De fapt, da, interveni el în discuția lor pentru prima oară, iar vocea lui era calmă și practică. Îmi pot permite să plătesc și pentru școala ei și pentru casa ei. O merită, în fond. De fapt, merită mult mai mult decât atât și intenționez să am grijă să primească tot ce-și va dori, încheie el.

Marjorie veni în față și vorbi pentru prima dată.

-Bunico, ne-ai făcut tuturor o mulțime de lucruri de-a lungul anilor și nimeni nu a spus absolut nimic. Cred că e timpul să te gândești și la alții nu numai la ce vrei tu și la cum crezi tu că ar trebui să fie lucrurile, pentru că trebuie să îți spun că nu ai dreptate întotdeauna. Becka e o fată deșteaptă, poate mai deșteaptă decât mulți din acest grup, spuse ea, privind o clipă în jur la oamenii care îi înconjurau, iar apoi continuă. A găsit pe cineva pe care-l iubește, și mie îmi este foarte clar că și el o iubește. Cred că mai bine îi lași în pace.

TREZIREA BECKĂI

Gabriel privi spre soția lui și văzu cât de abandonată se simțea la gândul că își va pierde copilul. Nici el nu se simțea prea în largul lui la ideea de a-și pierde fiica. Becka era lumina ochilor lui și el nu luase în calcul faptul că o va pierde din cauza încăpățânării lui.

Tot mai credea că Bryan era cam prea în vârstă pentru ea și era și îngrijorat de acea cicatrice de pe fața lui. Cicatricea putea să fie rezultatul unui simplu accident, nu avea de unde să știe cu siguranță, dar putea la fel de bine să fie rezultatul unei vieți în afara legii și aceasta îl îngrijora teribil.

-Fiule, i se adresă el lui Bryan, văd că fiica mea este hotărâtă să fie cu tine și știu foarte bine că nu pot să fac absolut nimic în legătură cu asta. Trebuie să-și trăiască viața așa cum dorește și, probabil, să facă propriile ei greșeli. Nu vreau să-mi pierd mezina, așa că... Cred că va trebui să îți urez bun venit în casa mea, spuse el întinzându-i mâna lui Bryan .

Bryan îi strânse mâna, înțelegând cât de dificil era pentru Gabriel să-l accepte. Într-un fel îl admira pe bărbat că era capabil să-și pună fiica pe primul loc și să-și dea deoparte propriile lui sentimente.

Bryan nu era un bărbat naiv și nu credea că omul a început brusc să-l placă. Știa foarte bine că el mereu va fi un măr al discordiei în familia lor.

Emilie a fost atât de fericită că soțul ei a decis să nu o lase pe Becka să plece, că acum începu să plângă de-a binelea. Se duse și o îmbrățișă pe Becka de parcă s-ar fi întors dintr-o călătorie foarte lungă și ar fi fost plecată ani de zile. După ce o înnecă pe Becka cu lacrimile ei pentru câteva clipe, se duse și-l îmbrățișă și pe Bryan, care a fost efectiv uluit să vadă o expresie atât de plină de afecțiune pe chipul ei.

Cu toate acestea, nu toată lumea era fericită. Putea auzi murmure în jur și remarcă și câteva chipuri neprietenoase. Bâtrâna vrăjitoare, Rebecca, privea totul cu ochi răi.

Cea mai neprietenoasă față, în afara Rebeccăi, era a lui Ariel. Nu-i plăcea cum evolua povestea și se decise că era deja timpul să facă ceva în legătură cu aceasta.

-Tată, nu poți accepta așa ceva. Becka este un copil și nu are nici cea mai mică idee despre ce face. Trebuie să îi arăți cât de mult se înșală.

-Iar eu spun că știe foarte bine ce face, interveni Matt. Poți să-ți lași amărăciunea și gelozia la o parte pentru o clipă, Ariel, și să te bucuri pentru ea? Este evident că ea îl iubește și el o iubește pe ea, iar dragostea nu este un lucru cu care să te joci, o mustră el.

-Nu poți să știi dacă îl iubește, i-o întoarse ea. Darul tău nu este suficient de rafinat ca să fii sigur de asta, iar dacă îmi spui că poți să-i citești gândurile, atunci minți, strigă ea îndreptându-și un deget spre el.

-Știu ce sime și nu pentru că i-am citit mintea, replică Matt pe o voce calmă. Nici măcar nu am încercat. Dar este evident. Chiar nimeni nu vede acest lucru? se întoarse el în jur și își trecu privirea peste ceilalți pentru că nu putea să creadă că toți ceilalți erau orbi.

-Ce vrei să spui? bunicul său, Adam, îl întrebă. Dacă nu i-ai citit mintea, atunci nu poți fi sigur că îl iubește cu adevărat. Nimeni nu poate știi. Poate că vrea doar să se revolte împotriva familiei, ceea ce este perfect normal la vârsta ei, adăugă el scuturându-și capul.

TREZIREA BECKĂI

-Era furioasă acum câteva clipe, explică Matt. Doar cu toţii aţi putut vedea cum tremura de furie. A văzut vreunul dintre voi ceva zburând prin aer? Aţi văzut? repetă el cu mai multă putere, privind de la unul la celălalt.

Toată lumea era uimită, inclusiv Becka. Nici măcar nu-şi dăduse seama că în ciuda faptului că fusese foarte furioasă, nimic nu se întâmplase. Fără să realizeze, îşi controlase darul din subconştient. Era atât de fericită că a fost capabilă să-şi controleze darul, că sări în sus, aruncându-şi un braţ în aer şi strigând:

-Ura pentru mine, iar apoi îl îmbrăţişă pe Bryan, care râse văzând-o atât de lipsită de orice grijă, chiar dacă nu prea înţelegea de ce era fericită şi despre ce vorbea Matt.

-Am făcut-o, Bryan, am reuşit!

-Da, puiule, ai reuşit. Eşti cea mai tare, replică el, încă râzând, şi apoi o ridică în braţe şi o învârti, sărutând-o cu foc.

Ceilalţi îi priveau nevenindu-le să-şi creadă ochilor. Unii dintre cei din tânăra generaţie erau geloşi că mica Becka a fost prima să învingă blestemul şi să capete control asupra puterilor ei. Jay şi Matt erau fericiţi pentru ea şi, pur şi simplu, priveau cuplul cu zâmbete uriaşe pe faţă.

Când în sfârşit Bryan a pus-o jos, Matt a îmbrăţişat-o.

-Ai reuşit fetiţo. Îţi urez să ai parte şi de mai multă putere, spuse el, sărutând-o zgomotos pe obraz.

Marjorie o îmbrăţişă pe Becka şi se întoarse spre bunica ei.

-Becka şi-a făcut partea. Acum va trebui să ţi-o faci şi tu pe a ta. Va trebui să-i dai banii din trust. Aşa este corect.

Rebecca afişă un surâs afectat şi replică:

-În visele tale! L-o iubi ea pe el și i se dăruie complet, dar în mod sigur el nu o iubește pe ea. Ne vom întâlni cu adminsitratorii trustului și ei vor vedea despre ce este vorba.

Se auziră câteva expresii zgomotoase de complet acord cu ea din partea celorlalți cărora nu prea le convenea să fie lăsați în urmă de cea mai tânără din grup.

Becka se întoarse spre Rebecca și îi spuse:

-Am fost foarte serioasă când ți-am spus că nu am nevoie de banii tăi, așa că întâlnirea cu administratorii nu este necesară.

-Hmm, văd că ți-e teamă de ce vor spune. Vor vedea imediat că el nu te iubește și tu nu poți face față adevărului, râse Rebecca, satisfăcută că s-a demonstrat adevărul celor spuse de ea.

-Nu, nu este asta. Nu mi-e teamă pentru că eu știu adevărul și nu am nevoie de confirmarea nimănui. Nu văd care ar fi scopul de a-l plimba pe Bryan prin fața lor numai pentru a-ți satisface ție plăcerile sadistice, replică ea.

-Aiurea, interveni, Alex sarcastic. Dacă nu vrei să vă întâlniți cu administratorii, înseamnă că știi că nu te iubește și ți-e teamă de ce o să auzi.

-În regulă, toată lumea să se calmeze, spuse Bryan cu autoritate când observă că Becka se mânia din ce în ce mai mult.

Considera că a avut parte de suficientă trăncăneală în seara aceea și dorea să încheie discuția o dată.

-Despre ce este vorba, iubito? o întrebă el.

-Pe bune, nu are nici cea mai mică importanță pentru că oricum nu-i vreau banii, răspunse ea cu încăpățânare.

-Nu ai nevoie de banii ei, Becka, şi dacă nu îi vrei, atunci nu îi iei, nu asta este problema aici. Dar înţeleg că e ceva mai mult de-atât, Becka. Deci despre ce este vorba?

Becka îşi lăsă privirea în jos şi nu dori să răspundă. Nu ştia ce să facă, de fapt. Nu era ca şi cum nu ar fi avut încredere în sentimentele lui şi nu se temea că cei doi administratori îi vor spune că Bryan nu o iubea. Dar cu toate acestea, nu ştia cum ar fi reacţionat Bryan la acea întâlnire şi prefera să nu afle.

-Îi spun eu, iubito, puse Matt o mână liniştitoare pe braţul Beckăi. Deci, ca să înţelegi mai bine, străbunica, aici de faţă, spuse el arătând spre Rebecca, s-a gândit că ar fi amuzant să se răzbune pe soţul infidel punând un blestem pe capul generaţiilor viitoare.

Rebecca icni la tonul lipsit de respect al lui Matt.

-Am crezut că mă iubeşti, îl acuză ea pe Matt.

Matt îşi flutură mâna pentru a-i da la o parte îngrijorarea.

-Te iubesc, nu asta este problema aici. Faptul că te iubesc nu înseamnă însă că nu mă supără să fiu porcuşorul tău de Guinea pentru teste, buni, îi spuse el, iar apoi se întoarse spre Bryan. În fine, Bryan, iată cum stau lucrurile. Nici unul dintre noi nu îşi poate cultiva sau controla puterile până ce nu se îndrăgosteşte la modul serios şi se dăruie complet persoanei pe care o iubeşte. Acum, dă-mi voie să-ţi explic cum este cu banii din trust. Putem accesa acei bani, numai dacă şi persoana pe care o iubim ne iubeşte la rândul ei şi ni se dăruie complet. Iar acest lucru este determinat de o pereche de administratori care citesc gândurile omului, îşi termină Matt explicaţia.

-Oh, înţeleg acum, spuse Bryan dând din cap. Deci aceşti administratori vor fi capabili să spună dacă eu o iubesc şi mă dăruiesc Beckăi, de asemenea. Acesta este subiectul de dezbătut aici, spuse el și se întoarse spre Becka. Înțeleg că nu-i vrei banii și sunt de acord cu tine. Nu îi vreau nici eu. Cu toate acestea, este acesta singurul motiv pentru care nu vrei să ne întâlnim cu administratorii? se interesă el.

-Păi, nu chiar... Doar că nu știu cum vei reacționa dacă cineva ar vrea să-ți citească mintea, admise ea.

-Deci nu e pentru că nu ai încredere că te iubesc, specifică el, uitându-se fix în ochii ei.

-Evident că nu, se răsti ea la el.

-Bine, atunci, spuse el și se întoarse spre Matt. Această citire a minții, există consecințe la așa ceva?

-Consecințe? întrebă Matt nedumerit.

-Da, știi tu. De exemplu să-ți pierzi unele din abilitățile mentale sau să fi convins să faci ceva ce nu vrei să faci..., explică Bryan.

-Oh, la asta te referi, spuse Matt, iar apoi se decise să-i alunge îngrijorarea. Nu, nimic de genul acesta, nu te teme. Singura chestie este că văd ceea ce gândești.

-Ei bine, dacă pe ei nu-i deranjează că s-ar putea să-i înjur, nu îmi pasă, spuse el, iar apoi se întoarse spre Becka. Iubito, știu că nu vrei banii ei și eu te sfătuiesc din toată inima să nu îi accepți. Am destul pentru amândoi. Nu vom muri de foame și nici nu va trebui să renunțăm la multe lucruri. Dar, dacă această întâlnire cu administatorii le oferă părinților tăi liniște, atunci sunt dornic să o fac, de acord?

Toată lumea se holbă la el cu uluire. Timp de câteva clipe nimeni nu păru capabil să spună sau să facă ceva.

Numai Becka îl îmbrățișă și îi șopti:

-Pentru ei ar fi nemaipomenit. Dar nu trebuie să o faci dacă nu vrei. Am încredere în tine, și acest lucru e cel mai important.

-Ştiu, puiule, îi şopti şi el. Dar dacă îi putem ajuta să se simtă în largul lor, de ce nu?

Becka aprobă cu o înclinare a capului şi îl îmbrăţişă şi mai puternic. Nu îi venea să creadă că ar face aşa ceva pentru ea şi îl iubi şi mai mult pentru că era atât de plin de consideraţie.

-Crezi că îi poţi păcăli? îl întrebă Ariel cu dispreţ. Jay a încercat şi nu i-a mers, aşa că nici tu nu vei reuşi, îi spuse ea.

Bryan o privi de parcă ar fi considerat că femeia îşi pierduse uzul raţiunii pe moment, dar apoi ochii săi trecură pur şi simplu peste ea, de parcă nici nu ar fi existat, iar gestul lui o înfurie şi mai mult şi părăsi încăperea furioasă.

-De ce nu i-am chema pe administratori aici, acum? întrebă Rebecca dulce. Nu este nici un moment mai bun decât momentul prezent. Sunt doi dintre cei mai buni prieteni ai mei şi nu mă vor refuza... Nu vreau să aştept până luni ca apoi să aud că s-a întâmplat ceva şi nu poţi ajunge la întâlnire, i se adresă ea lui Bryan.

-Nici o problemă în ceea ce mă priveşte, îi spuse el. Invită-i să vină. Poate am putea bea ceva în timp ce aşteptăm, i se adresă el lui Emilie. Mi s-a uscat gâtlejul de atâta vorbit.

Îşi dădea seama că probabil părea nepoliticos, dar chiar avea nevoie de un pahar cu ceva tare. Nu or fi fost nici un fel de vrăjitorii făcute, dar el unul tot se simţea cam obosit după toată acea comoţie.

-Îşi aduc un whiskey, spuse Matt. O să torn unul şi pentru mine. Chiar am nevoie după tot tărăboiul ăsta, continuă el şi se îndreptă spre o masă unde se găseau câteva sticle de alcool.

Becka îl luă pe Bryan de mână şi îl trase spre o sofa de două persoane. Nu intenţiona să lase pe nimeni să se aşeze în apropierea lui după ce s-au comportat atât de oribil cu el. S-au aşezat, iar Bryan i-a alintat braţul să o liniştească.

-Se va termina curând, iubire, iar apoi putem merge acasă, spuse el.

-Unde este acasă, Bryan? îl întrebă ea cu ochii mari.

El se gândi o clipă, dar de fapt nu prea avea la ce să se gândească. Ştia că avea nevoie de ea tot timpul şi chiar dacă relaţia lor era foarte proaspătă, el nu avea nevoie de mai mult timp ca să vadă unde va duce, pentru că oricum nu intenţiona să o lase să plece din viaţa lui.

-Depinde numai de tine, răspunse el. Eu ştiu ce vreau, iar ce vreau este să fiu cu tine. Acum dacă vrei să aştepţi să vezi cum va merge, putem aştepta o vreme şi ne putem vedea zilnic. Dacă însă simţi ca şi mine, atunci putem alege să locuim împreună fie în casa ta sau în casa mea. Desigur, casa mea este acolo pe insulă, iar aceasta va însemna să luăm iahtul spre oraş în fiecare zi dacă ai nevoie să vii în oraş...

Becka îi strâse mâna şi replică:

-Aş spune că oriunde vrei tu este bine şi pentru mine, dar aş minţi.

Bryan îngheţă când îi auzi răspunsul. Nu îşi putea crede urechilor. Speranţele lui erau pur şi simplu strivite, iar expresia din ochii lui deveni oţelită.

-Ştiam că nu vei continua cu şarada asta, Becka, spuse Ariel cu bucurie.

TREZIREA BECKĂI

Se concentraseră unul pe celălalt atât de mult încât nu o auziseră strecurându-se în apropierea lor. Auzindu-i vocea, şi-au ridicat privirea spre ea. Chipul ei strălucea de bucurie şi ea îl privea pe Bryan cu triumf în ochi.

-Ce se întâmplă? întrebă Matt revenind cu băuturile.

-Nu prea multe, mormăi Bryan. Probabil că va tebui să plec acum, zise el şi încercă să se ridice, dar Becka îl trase înapoi lângă ea.

-Despre ce vorbeşti? De ce ai vrea să pleci? îl întrebă ea, iar în ochii îi lucea durerea.

-Ai spus că..., începu Bryan să spună, dar ea îl întrerupse.

-Am spus că prefer să locuiesc în oraş. Ştii doar că nu îmi place să mă trezesc devreme dimineaţa şi ca să vin tot drumul de la insula ta în oraş devreme de dimineaţă, ar fi înfiorător. Evident, putem să petrecem sfârşiturile de săptămână acolo. Este un loc minunat, dar nu mă văd trăind acolo permanent. Asta este ce am spus.

-Nu, nu este, se răsti Ariel. Ai fost foarte clară că nu vrei să trăieşti cu el, explică ea.

-Nu, nu am fost. Poate că nu mi-am formulat gândurile corect, dar ceea ce am vrut să spun era că vreau să locuiesc în oraş, aşa că poţi înceta să mai fi atât de încântată, se răsti şi Becka la ea.

Ariel îşi puse mâinile pe şolduri şi repetă cu încăpăţânare:

-Nu, Becka, ai spus că...

-Taci pentru o clipă, lătră Bryan la ea şi ea se opri, prea uluită de asprimea din vocea lui pentru a mai spune altceva. Acum, hai să clarificăm lucrurile, Becka. Vrei să locuiesc cu tine în casa ta?

-Da, bineînțeles, asta este ce vreau. Iar tu ai spus că pot alege, replică ea cu îndărătnicie.

-Da, poți alege, nu aceasta este problema. Atâta timp cât nu îmi ceri să plec din viața ta, voi accepta orice, spuse el, luându-i mâna cu tandrețe.

Blocul de gheață care mai devreme începuse să se formeze înlăuntrul lui, se topea încet. Era ușurat că nu s-a înșelat asupra ei.

Becka îl îmbrățișă și îi sărută buzele, iar apoi îi șopti:

-Nu fii fleț. Cum să vreau ca tu să pleci când eu nu pot funcționa fără tine?

Fericit, Bryan o strânse la piept și îi sărută părul cu ușurare. Nici nu remarcă când Ariel plecă îmbufnată și chiar nici nu îi păsa de ce făcea ea. După ce o ținu pe Becka strâns la pieptul lui pentru o vreme, îi dădu drumul cu regret și luă paharul din mâna lui Matt.

-Nici nu știi cât de multă nevoie am de asta acum, omule, îi spuse el lui Matt.

-Îmi pot imagina, mustăci el. Chiar că arăți ca un bărbat care are nevoie de ceva puternic, într-adevăr.

Bryan își luă paharul și înghiți jumătate din băutură imediat, simțindu-se mai puțin încordat după aceea. Îl bătu pe Matt pe umăr și spuse:

-Mulțumesc, prietene. Bună băutură, apropo.

-Da, unchiul Gabriel mereu scoate la inveală băutura bună. Este cel mai generos dintre unchi, spuse Matt, lovindu-l cu cotul pe Bryan. Să ții minte chestia asta. Dacă te duci să-l vizitezi pe unchiul Michael, eh, atunci nu mai ai noroc. El nu scoate băutura bună pentru musafiri. Este numai pentru el.

Bryan râse şi se simţi inclus în secretele de familie. Matt era într-adevăr omul cumsecade pe care i-l descrisese Becka. Bryan se gândi că Matt îi va fi un prieten bun, pe lângă faptul că era unul dintre puţinii aliaţi pe care îi avea în acea casă.

Au stat şi flecărit pentru o vreme, iar în cea mai mare parte a timpului, a avut-o pe Becka lângă el, atârnată de braţul lui. Uneori însă, ea o mai lua din loc şi se ducea să vorbească cu unii dintre verii sau mătuşile sale.

Matt se amuza văzându-l pe Bryan, care arăta chiar impresionant, fiind atât de înalt şi într-o formă fizică atât de bună, privind în jur pierdut, încercând să o găsească pe Becka în mulţimea de oameni care se îngrămădea în livingul mătuşii sale.

Când cei doi administratori sosiră, ceea ce nu surprinse pe nimeni, pentru că ei ştiau foarte bine reputaţia Rebeccăi, discuţiile s-au oprit complet şi familia privi de la Becka şi Bryan la administratori. Toţi erau nerăbdători să audă verdictul.

Iar acum, Bryan începu să năduşească. Un gând îi trecuse prin minte mai devreme şi acel gând tot îl sâcâia. Se întrebase dacă nu cumva bătrâna vrăjitoare îi avea pe administratori în buzunar, pentru că, în acel caz, probabil că ei vor spune ce voia ea să audă, iar el era convins că Becka i-ar fi crezut pe ei. Doar erau vrăjitori şi puteau şi citi mintea oamenilor. Cuvântul lui împotriva cuvântului lor probabil că nu avea nici cea mai mică însemnătate.

Gabriel veni la Bryan cu cei doi administratori să îi prezinte.

-Acesta este Domnul Thompson, iar acesta este Domnul Jones.

Bryan le strânse mâinile, iar apoi aşteptă să vadă ce aveau de spus. Becka venise lângă el şi îşi petrecuse braţul în jurul lui, ca şi cum ar fi dorit să-l consoleze. Îşi petrecu şi el braţul în jurul umerilor ei şi privi întrebător la cei doi bărbaţi în vârstă.

Nimeni nu mai vorbea. Bryan privi în jur şi văzu privirile expectative ale tuturor. Numai Rebecca nu arăta nimic. Chipul ei nu avea nici un fel de expresie, deşi tot mai încerca să-l intimideze cu privirea.

Bryan ridică din umeri şi se întoarse spre cei doi bărbaţi să vadă ce doreau de la el. Când şi-a oprit privirile pe ei din nou, a simţit o uşoare sondare a minţii lui şi se încruntă.

-Poate să simtă, domnul Jones îi şopti domnului Thompson. Ai văzut?

-Da, văd că simte, replică acesta. Ei bine, se întoarse el spre Rebecca, ştii că nu voi minţi, Rebecca. Ştiu ce ai vrea să spun, dar adevărul este că într-adevăr el o iubeşte şi chiar este complet implicat în această relaţie.

Domnul Jones aprobă de asemenea cu o înclinare a capului, iar Rebecca se încruntă. Toată lumea aştepta să vadă ce va face acum, dar nu avură de aşteptat prea mult timp.

-Foarte bine, Becka şi Bryan, spuse ea, dacă aşa stau lucrurile, atunci aveţi felicitările mele. Nu voi minţi şi nu voi spune că te plac, îi spuse ea lui Bryan direct, dar cu toate acestea, te voi primi cu bucurie în familie atâta timp cât îi eşti credincios Beckăi.

Bryan aprobă aplecând capul. Îi înţelegea sentimentele chiar dacă nu era de acord cu ea. Îşi imagină că nu îi era uşor să accepte ca un bărbat ca el să se întâlnească cu o femeie la fel de tânără ca Becka.

-Luni dimineaţă, vino în biroul meu şi voi face transferul banilor, i se adresă domnul Thompson Beckăi.

Bryan interveni imediat, amintindu-şi de refuzul ei încăpăţânat de a primi banii.

-Vrei banii aceia, Becka? Pentru că eu chiar am suficient pentru amândoi.

Becka se gândi o clipă. Într-un final, îşi scutură capul.

-Nu, nu îi vreau. Nu-mi place ce s-a întâmplat aici în seara aceasta din cauza acelor bani şi nu vreau să am nimic de-a face cu ei.

-Oh, Dumnezeule, eşti idioată? strigă Ariel. Cum poţi respinge atât de mulţi bani? Nu voiai tu să-ţi deschizi tâmpenia aia de magazin?

-Calmează-te, o mustră Matt. Becka, îţi înţeleg sentimentele în această problemă, dar banii sunt ai tăi şi ar trebui să îi iei.

Becka îşi scutură capul, iar Bryan o adună lângă el.

-Dacă Becka vrea un magazin, atunci mă voi ocupa eu de asta, spuse el. Cred că putem sări cina în seara aceasta, Becka, ce părere ai?

Ea îl aprobă cu o înclinare a capului, iar apoi spuse:

-Mami, tati, noi plecăm acum şi vorbim mai încolo, da?

Emilie începu să plângă din nou când şi-a îmbrăţişat fiica. Era fericită că Becka şi-a găsit iubirea, dar era de asemenea tristă că fiica ei nu mai era mică. Îl îmbrăţişă şi pe Bryan, iar acesta îi întoarse îmbrăţişarea cu stoicism, deşi nu prea le avea el cu astfel de gesturi.

EPILOG

UNSPREZECE LUNI MAI târziu

-GABRIEL, TREBUIE SĂ vii acum. Acum, am spus, strigă Bryan în telefon.

-Ce naiba ți s-a întâmplat de ești într-o asemenea stare? vocea lui Gabriel bubui de la celălalt căpăt al liniei.

-Este nebună, asta s-a întâmplat. Și-a pierdut mintea, urlă Bryan din nou.

-Despre ce vorbești? Ce se petrece acolo? se răsti Gabriel îngrijorat pentru fiică lui cea mai mică.

-M-a mințit, ai auzit? M-a mințit iar acum nu mai știu ce să fac, strigă Bryan.

-Bine, fiule, calmează-te și spune-mi care este problema. Ce a putut face Becka de ți-ai pierdut calmul în halul acesta?

-Dă naștere acum!

-Ce vrei să spui cu *acum*? socrul lui îl întrebă speriat complet.

-Nu a spus nimic toată ziua și acum câteva momente mi-a spus că este gata. I-am cerut să mergem la spital și mi-a spus că nu mai este timp. Că a planificat totul să fie așa, în mod special.

Mi-a zis să o sun pe Marjorie, dar nimeni nu răspunde la telefon la ei acasă, iar eu nu știu ce să mai fac. Nu am asistat niciodată la o naștere. Nici măcar într-un film nu am privit o naștere. La naiba! Întotdeauna am ieșit din sală când era o astfel de scenă. Ce naiba o să fac acum? își pierdu el controlul complet.

-Bine, bine, o să vedem. Mai întâi calmează-te! Marjorie este aici. Venim imediat. O voi pune să te sune din mașină să te asiste prin telefon dacă... dacă... Știi tu, încheie Gabriel pe o voce slăbită.

-Nu, nu știu. Nu vreau să știu. Vorbim de Becka aici și eu nu mai știu nimic.

Câteva murmure ajunseră la urechile lui prin linia telefonică. Gabriel vorbea cu cineva.

-În regulă, Bryan, Marjorie a spus să te calmezi și te va suna din mașină.

-Dar...

-Nici un dar, omule, doar așteaptă, îi replică Gabriel și închise telefonul, lăsându-l pe Bryan înconjurat de tăcere.

-O FATĂ ȘI UN BĂIAT, Bryan, spuse Marjorie. Felicitări la amândoi. Și tu ai făcut o treabă excelentă ajutând-o pe Becka să aducă băiatul pe lume. V-ați gândit la nume deja?

Becka dădu din cap extenuată, iar Bryan îi mângâie fruntea cu dragoste. El se întoarse spre Marjorie și îi spuse cu mândrie:

-El este Sean, iar fiica noastră este Lea.

Își întoarse privirea spre soția lui din nou și o sărută.

-Trebuie să te odihnești, puiule.

TREZIREA BECKĂI

Ea aprobă cu o înclinare a capului şi închise ochii. Cei mici dormeau profund, de asemenea, doar Bryan se simţea ca şi cum ar fi escaladat Everestul.

EXTRAS DIN DILEMA LUI MATT

(CARTEA A DOUA DIN SERIA FAMILIA WINSTON)

CAPITOLUL 1

-BECKA, MIŞCĂ-ŢI FUNDUL sus, acum, bubui vocea lui Bryan, ceea ce îl făcu pe Matt să zâmbească.

Matt cunoştea politica Beckăi de a nu încuia uşa de la intrare. Ştia, de asemenea, că Bryan nu avea prea mult succes să o facă să-i asculte sfatul de a o încuia.

De aceea Matt nu se obosea niciodată să le sune la uşă. El doar intra în casă. În fond, se simţea acolo ca la el acasă. Becka şi Bryan erau unii dintre cei mai cumsecade din familie, chiar dacă cuplul lor era destul de ciudat.

-Am crezut că-ţi place fundul meu, strigă Becka din birou, iar apoi ieşi val vârtej din încăpere.

Trecu la mică distanţă de Matt şi nici măcar nu îl remarcă. Începu să urce scările, luând câte două trepte în acelaş timp.

-Îţi iubesc fundul şi o ştii. Dar în momentul acesta, adu-l aici sus. Levitează, la naiba, şi nu vrea să mă asculte, veni vocea hărţuită a lui Bryan de undeva de sus, iar Matt izbucni în râs.

Imaginaţia lui Matt nu era foarte dezvoltată, dar cel puţin putea să-şi imagineze cât de stresant era pentru Bryan să aibă doi copii cu talente speciale.

Venind din afara familiei Winston, Bryan a trebuit să accepte multe lucruri. Şi cu toate acestea, nimeni nu putea spune că nu-şi respecta responsabilităţile.

Chiar dacă uneori nu avea nici o idee despre ce ar trebui să facă în anumite circumstanțe, își înfigea picioarele în pământ și lua lucrurile așa cum erau. Totuși acum, părea copleșit din cauza fiicei sale de o lună și jumătate, care moștenise abilitățile familiei mamei sale.

Cum nu veneau decât șoapte de la etaj, Matt se decise să se ducă acolo și să-i viziteze pe nepoata și nepotul său.

Știa că apariția lui îl va face pe Bryan să-și dea ochii peste cap. El va înțelege că Becka a uitat să încuie ușa din nou și probabil că se va certa cu ea după ce Matt va pleca.

Bryan nu va spune un cuvânt în fața lui Matt. Indiferent cât de supărat era, Bryan nu-i spunea nimic Beckăi în fața celorlalți. Se gândea că familia a judecat-o destul pentru că s-a măritat cu un bărbat care era cu doisprezece ani mai în vârstă decât ea și nu mai avea nevoie să audă de la nimeni 'Ți-am spus eu'.

Matt bătu la ușa camerei copiilor, iar Bryan își ridică privirea. Pe chipul lui se zări îngrijorarea pentru un moment. Când ochii îi căzură pe Matt, tensiunea îi dispăru și zâmbi, scuturându-și capul.

-Din nou nu ai încuiat ușa, spuse el pe un ton resemnat, aruncându-i o privire Beckăi.

-Am uitat, ridică ea din umeri și îl bătu pe mână. Nu te îngrijora, nimeni nu intră, doar Matt. Bună, Matt, ce mai faci?

Matt nu reuși să-și ascundă amuzamentul. Verișoara lui cea mai tânără era o constantă bucurie pentru el, și lui îi făcea plăcere să-l vadă pe Bryan luptându-se atât cu grija pentru ea, cât și cu inabilitatea lui de a o face să înțeleagă pericolele orașului.

TREZIREA BECKĂI

-Doar treceam pe aici. Am o oră liberă și m-am gândit să vin să vă văd pe voi doi. Și pe maimuțici.

Matt intră în cameră și veni la Becka, care o ținea pe Lea în brațe. Îi sărută obrazul Beckăi, iar apoi îi alintă capul bebelușului și îi sărută vârful capului.

-Deja vă face probleme, înțeleg, se întoarse el spre Bryan, care își ridică o sprânceană interogativ. Te-am auzit când am intrat în casă, mărturisi Matt, iar un zâmbet obraznic îi apăru pe buze.

Becka se înroși. Își amintea ce strigase Bryan ca să o facă să vină la etaj. Îi aruncă o privire iritată, iar Bryan se mulțumi doar să surâdă.

Matt râse. Îi iubea pe amândoi, iar inima îi exploda de bucurie ori de câte ori se gândea cât de bine se potriveau împreună.

Dar cu toate acestea, uneori era și gelos pe ei doi, pentru că nu putea avea și el același lucru.

-Deci au început problemele, înțeleg, spuse el arătând spre ghemul din brațele Beckăi.

-Mă sperie înfiorător, să-ți spun drept. Mulțumesc lui Dumnezeu că Sean nu a manifestat nici un fel de puteri deocamdată, replică Bryan.

-O va face... în timp, îi spuse Matt, punând o mână pe umărul lui ca să-l liniștească. Te vei descurca, nu îți fă griji. Niciodată nu mi-ai dat impresia că ai fi un bărbat care să nu fie capabil să se ocupe de absolut tot.

Bryan îi aruncă o privire posomorâtă, dar nu spuse nimic. Își aruncă privirea spre Becka, gata să spună ceva, dar ea îl opri, punând un deget la gură.

-A adormit din nou, şopti ea, iar Bryan veni să îşi ia fiica şi să o pună înapoi în leagănul ei.

Becka şi Matt o pornirā spre uşă, aşteptându-se ca Bryan să-i urmeze. Când Matt privi în urmă, Bryan tot continua să-şi privească fiica dormind, iar expresia de pe chipul lui era de nepreţuit.

Lui Matt i-a plăcut Bryan din momentul în care s-au întâlnit. Cu toate acestea, pe măsură ce l-a cunoscut mai bine, respectul şi sentimentele lui faţă de bărbat au evoluat foarte mult.

Bryan era un soţ şi un tată devotat şi efectiv îi tăia răsuflarea lui Matt să-l vadă pe bărbatul acela uriaş atât de îndrăgostit de familia sa.

Matt o urmă pe Becka la parter şi o găsi în biroul ei. Scria ceva la computer, verificând un teanc de hârtii pe care le avea lângă ea.

-Ce faci? o întrebă el.

-Trebuie să termin un eseu. Mai am două rânduri şi am terminat, îi replică ea, fără să-l privească.

Matt se sprijini de tocul uşii, încrucişându-şi gleznele, şi păstră tăcerea ca Becka să poată să-şi termine treaba. Un minut mai târziu, Bryan veni şi el jos şi îi făcu semn lui Matt să îl urmeze în bucătărie.

Încă înainte de a călca în bucătărie, aroma de tocană de vacă îi ajunse la nas, iar el inhală cu plăcere. Stomacul îi mormăi, iar Bryan, care era aproape de el, râse.

-Eşti gata să iei prânzul? îl tachină el pe Matt.

-Presupun că tu ai gătit, se interesă Matt pe un ton sec.

-Presupui bine, replică Bryan. Nu aș lăsa-o pe Becka în bucătărie. Este un dezastru umblător, ridică el din umeri, iar apoi se îndreptă spre mașina de gătit și luă o lingură de lemn să amestece în tocană.

-Chiar asta sunt? se burzului Becka din spatele lui Matt, iar Bryan tresări.

-Haide, iubito, doar știi că nu poți nici măcar să fierbi un ou, îi replică Bryan, dar nu se auzea nici măcar o urmă de reproș în vocea lui. Și doar o ducem bine, nu-i așa? Nu este nevoie să gătești tu când eu pot să o fac foarte bine, adăugă el.

Veni spre ea, îi luă capul în căușul palmelor și îi sărută buzele tandru. Matt se întoarse să privească pe fereastră afară. Tandrețea dintre cei doi îi strecură un dor în suflet pe care crezuse că-l strivise cu mult timp în urmă.

-Vă este foame la amândoi? întrebă Bryan, întorcându-se spre sobă și luând castroane din dulap.

-Voi așeza eu masa, interveni Becka.

-Ce e de așezat, iubito? se miră Bryan. Stai jos și aduc eu totul la masă.

-Dar vreau să ajut, replică Becka cu supărare în voce.

Matt știa că nu voia ca el să creadă că ea nu făcea nimic prin casă, dar el oricum știa mai bine. Bryan nu o lăsa să facă prea multe.

-Ai avut destule de făcut pe ziua de azi, Becka, o mângâie Bryan pe față și îi sărută vârful nasului. A trebuit să mergi la școală – și ai uitat să închizi ușa de la intrare cu ocazia asta, se gândi el să adauge, și ai muncit la eseul tău de-a lungul ultimelor două ore...

-Da, şi tu ai gătit, ai făcut curat şi ai avut grijă şi de copii, răspunse ea. Şi peste două ore trebuie să te duci la dojo pentru clasele de după-masă şi seară, aşa că...

-Pot să mă ocup de toate astea, nu te îngrijora, îşi flutură Bryan mâna, îndepărtându-i îngrijorarea, iar în acelaş timp, o conduse la masă şi o ajută să ia loc. Tu eşti proaspătă mămică şi trebuie să te odihneşti cât mai mult posibil, sublinie el.

-Am fost proaspătă mamă acum o lună şi jumătate, Bryan. Acum sunt foarte bine, replică ea, cu încăpăţânare.

-Şi aşa trebuie să şi rămâi, îi împinse ea umărul în jos când ea încercă să se ridice. Haide, Becka, stai jos. Pot căra trei boluri la masă singur, spuse el cu frustrare în voce.

Becka doar ridică din umeri, dar nu mai încercă să se ridice din nou. Matt, căruia întotdeauna îi plăcea să-i vadă duelându-se, o privea. Becka îşi muşca buza inferioară, clar supărată.

-Care e problema, păpuşă? o întrebă el pe un ton liniştit.

-Nu mă lasă să fac nimic, se răsti ea. De parcă sunt fragilă.

-Nu am spus niciodată că ai fi fragilă, veni vocea lui Bryan de la mică distanţă.

Becka şi Matt se întoarseră spre el, iar Matt imediat se ridică să-l ajute pe Bryan să pună tava grea pe masă. Bryan umpluse trei castroane cu vârf şi tăiase felii de pâine caldă coaptă în casă.

-Pot să-ţi spun că găteşti la fel de bine ca mama, mirosi Matt tocana, iar apoi mormăi de satisfacţie.

Becka zâmbi, mândră de Bryan. Mătuşa Marjorie era cea mai bună bucătăreasă pe care o ştia, iar lauda lui Matt însemna ceva.

TREZIREA BECKĂI

Îşi cufundă lingura în tocăniţă şi se agită un pic pe scaun, înainte de a duce lingura la gură.

-Spune ce gândeşti, îi ceru Bryan. Ceva te macină, spuse el, privind-o dintr-o parte.

Matt ştia că Becka nici măcar nu putea strănuta fără ca Bryan să se îngrijoreze.

-Ei bine, dacă vrei să ştii, începu ea să spună ezitant, nu cred că e corect ca tu să faci absolut totul. A trecut deja o lună şi jumătate de când am născut aşa că sunt perfect capabilă...

Bryan o opri, atingându-i mâna.

-Nu-ţi fă griji în legătură cu asta, Becka. Faci mai mult decât destul. Tu trebuie să te trezeşti noaptea să alăptezi copiii, şi...

-Ha! pufni ea fără pic de eleganţă, iar Matt se văzu nevoit să îşi ascundă zâmbetul.

-Ha? întrebă Bryan. Ce vrea să însemne asta?

-Ori de câte ori mă trezesc, te trezeşti şi tu, aşa că nu încerca să mă abureşti cu chestia asta, ridică Becka din umeri.

-M-oi trezi eu, dar nu alăptez, replică el, îmbufnat.

Matt nu se mai putu abţine şi izbucni în râs.

-Voi doi sânteţi comici. Sânteţi primul cuplu pe care l-am văzut certându-se pentru că celălalt face mai mult, scutură el din cap.

-Tu mănâncă şi taci din gură, se răsti Becka la el. Eu vorbesc serios aici. Da, alăptez şi, da, merg la şcoală. Asta este suma realizărilor mele, se îmbufnă ea.

-Nu aş spune asta, murmură Bryan. Tu mă faci fericit, Becka, spuse el, luându-i mâna şi strângându-i-o cu tandreţe. Şi nu te mai îngrijora atât de mult. Mâine, mama ta o va trimite pe fiica Rosei la noi. Ea va face curat şi va spăla rufele, aşa că nu voi mai avea multe de făcut.

-În sfârşit, spuse Becka uşurată. Cel puţin nu vei mai avea de făcut şi lucrurile acelea.

Matt surâse. Ştia că Becka nu va accepta ca Bryan să muncească atât de mult pentru o vreme îndelungată. Acum, cel puţin, ştia că mai era altcineva care să se ocupe de cea mai mare parte a treburilor domestice, pentru că Bryan nu ar fi acceptat niciodată ajutorul ei.

Din păcate, nu le era uşor să angajeze ajutor în gospodăriile lor. Aveau nevoie de oameni care să păstreze secretul familiei şi nu puteau să angajeze pe oricine.

Din fericire, oamenii pe care îi angajau lucrau pentru ei generaţie după generaţie. Rosa era menajera părinţilor Beckăi şi fiica menajerei unchiului Michael.

-Deci va începe de mâine? întrebă Becka.

Bryan se mulţumi numai să dea din cap şi mai luă nişte tocană. Matt ştia că bărbatul era extenuat. Începuse să facă totul în casă singur încă dinainte de naşterea copiilor şi, de asemenea, continuase şi cu programul lui de antrenament.

Au savurat tocăniţa de vacă în tăcere câteva minute, iar apoi Becka îl privi pe Matt interogativ.

-Ce este? o întrebă el.

-Mă întrebam dacă ai veşti, ridică ea din umeri şi mai luă o felie de pâine.

-Ce fel de veşti aştepţi? întrebă Matt şi, urmându-i exemplul, se mai servi şi el cu o altă felie de pâine.

TREZIREA BECKĂI

Bryan chiar știa ce să facă în bucătărie. Își imagină că Bryan știa ce să facă în aproape orice fel de situație. Vărul său prin căsătorie era unul dintre bărbații cei mai plini de resurse și talentați din familie.

-Știi doar, Matt, insistă Becka. Este deja 19 mai.

-Și? întrebă Matt posomorât.

Știa el unde ducea acea discuție și nu îi făcea nici o plăcere. Doar Bryan privi de la unul la celălalt cu curiozitate.

-În iulie, este ziua ta de naștere, continuă Becka cu încăpățânare. Pe 27, se gândi ea să sublinieze.

-Și? întrebă Matt, pretinzând lipsă de interes. Ai de gând să planifici o petrecere pentru mine sau ce?

-Nu te gândi să te joci cu mine, Matt Winston, se răsti Becka și pumnul ei mic lovi masa, iar sprâncenele lui Bryan se ridicară pe frunte. Știi foarte bine despre ce vorbesc.

Matt scutură din cap, mai luă din tocăniță și mestecă.

-Nu, nu prea știu, replică el. Mă gândeam să fac o croazieră sau să merg undeva, asta este adevărat. Dar încă nu m-am decis, ridică el din umeri din nou.

Becka se holbă la el cu uimire. Apoi respiră adânc, gata să se lanseze într-o predică. Bryan îi atinse brațul și o calmă.

-Matt, spuse el. Văd că e o problemă la mijloc și nu vreau ca Becka să se enerveze. Deci, despre ce este vorba?

-De ce nu o întrebi pe ea? replică Matt cu îndărătnicie. Nu știu ce vrea de la mine, răspunse el cu indiferență și continuă să mănânce.

Nu prea regreta el că venise la ei acasă. Îi plăcea să-i vadă interacționând unul cu celălalt și îi iubea pe cei mici. Mai mult decât atât, mânca întotdeauna bine în bucătăria lui Bryan.

-Bine, iubito, despre ce este vorba? o întrebă Bryan când înțelese că Matt nu va spune nimic.

-Va avea treizeci și cinci de ani pe 27 iulie, sublinie Becka.

-Și? insistă Bryan, știind că discuția implica mai mult decât ziua de naștere a lui Matt.

-Atunci va pierde absolut totul.

-Ce va pierde? întrebă Bryan din nou, având senzația că îi smulgea cuvintele din gură cu cleștele.

-Puterile, banii din trust...

-Oh, înțeleg acum. Deci chestia aia are un termen limită, Bryan dădu din cap când înțelese cum stăteau lucrurile.

Se întoarse spre Matt și așteptă ca și el să spună ceva. Cu toate acestea, Matt doar continuă să mănânce. Nu părea interesat să adauge nimic la discuție.

-Haide, Matt, spuse Becka. Mai ai puțin mai mult de o lună și jumătate la dispoziție.

La cuvintele ei, mâna i se opri cu lingura la jumătatea distanței spre gură. Ochii lui șocați se fixară pe Becka. După câteva secunde de tăcere asurzitoare, puse lingura înapoi în bol și întrebă:

-Tu chiar vorbești serios?

-Acum ce mai e? își aruncă ea mâinile în aer.

Bryan mustăci. Uneori, Becka avea un talent real pentru dramă.

Matt împinse bolul la o parte cu regret. Chiar vrusese să mănânce tocănița aceea. O încruntătură îi apăru între sprâncene și o privi fix pe Becka.

TREZIREA BECKĂI

-Nu am găsit o femeie de care să mă îndrăgostesc până acum și tu chiar crezi că aș putea găsi una în numai o lună și jumătate, observă el. Bryan, nevasta ta și-a pierdut mințile. Chiar îmi pare rău pentru tine, spuse el întorcându-se spre Bryan.

-Nu, îi replică Bryan. Becka e deșteaptă și ar trebui să o asculți. Nu întotdeauna ai nevoie de ani de zile pentru ca să te îndrăgostești. Mie mi-a luat o zi și jumătate, poate chiar mai puțin de atât. Iar tu ai mai mult de patruzeci și cinci de zile, cred, îl mustră Bryan, scuturându-și capul.

-Aha, acum înțeleg. Voi doi sunteți îngrozitor de fericiți și vedeți totul prin ochelari roz, trase Matt concluzia și începu să se ridice de pe scaun.

-Poate că da sau poate că nu, îi replică Bryan. Dar asta nu înseamnă că nu îți poți termina tocănița. Atât Becka cât și eu, spuse el aruncându-i Beckăi o privire plină de subînțeles, nu vom mai discuta despre problema aceasta. Corect, iubita mea? o întrebă el, iar ea aprobă, dând din cap fără tragere de inimă.

Nehotărât, Matt privi de la unul la celălalt, dar, până la urmă, foamea lui câștigă. Se așeză din nou pe scaun și trase bolul în fața lui.

BIOGRAFIA AUTOAREI

R*owena Dawn* scrie romane de dragoste, citeşte cărţi poliţiste şi se uită la comedii. Îi place să se plimbe prin pădure, dar iubeşte marea nebuneşte.

Are o relaţie de dragoste şi ură cu scrisul ei şi îl înnebuneşte pe câinele ei când nu se opreşte din scris pentru a-l scoate la plimbare.

ROWENA DAWN

Această serie, *Familia Winston*, va avea opt romane de sine stătătoare, iar toate vor fi despre cum iubirea poate învinge blesteme și aduce fericirea oamenilor implicați.

Curând va apare a treia carte din seria "*Familia Winston*" a Rowenei Dawn: **SALVAREA LUI JAY!**

De asemenea de Rowena Dawn:

Cu Dublu Tăiș – Prima Carte din seria Jumătatea Perfectă - eBook, paperback, (audio book – doar în limba engleză)

Meg – eBook (*Meg La Răscruce de Drumuri*), paperback, (audio book – doar în limba engleză – *Leap of Faith*)

Trezirea Beckăi (Prima Carte din Seria Familiei Winston) – eBook, paperback, (audio book – doar în limba engleză)

Bărbatul (Aproape) Perfect - eBook, paperback, (audio book – doar în limba engleză)

Dilema lui Matt (Cartea a Doua din Seria Familia Winston) – eBook, paperback

VOR FI PUBLICATE CURÂND:

ATRAS (Cartea a treia din Seria Jumătatea Perfectă).

Salvarea lui Jay (Cartea a treia din seria Familia Winston)

ROWENA DAWN

Vă mulţumesc că aţi citit romanul *Trezirea Beckăi*, cartea întâi din seria *Familia Winston*.

Dacă v-a plăcut, vă rog spuneţi-le şi prietenilor dumneavoastră despre el sau scrieţi o scurtă recenzie.

Reclama din gură în gură este cel mai bun prieten al unui autor şi este extrem de apreciată.

Vă mulţumesc,
Rowena Dawn

TREZIREA BECKĂI

Pentru a afla despre viitoare lansări de carte, vă rog înscrieți-vă la newsletter pe:

www.roxananastase.weebly.com[1].

Nu vă vor fi trimise alt gen de emailuri.

---

1.   http://www.roxananastase.weebly.com

Don't miss out!

Visit the website below and you can sign up to receive emails whenever Rowena Dawn publishes a new book. There's no charge and no obligation.

https://books2read.com/r/B-A-SAED-HKQS

BOOKS 2 READ

Connecting independent readers to independent writers.

Did you love *Trezirea Beckăi*? Then you should read *Dilema lui Matt (Cartea a Doua in seria Familia Winston)*[2] by Rowena Dawn!

După o experiență nefericită, Matt Winston, membru al unei familii cu abilități paranormale urmărite de un blestem, se implică doar în relații de dragoste de scurtă durată pentru că nu mai dorește să-și implice inima.

Blestemul pus pe capul lui Matt are un termen limită, iar el mai are doar două luni să-l învingă și știe că nu mai are suficient timp.

Decide să-și trăiască viața așa cum vrea și să uite de blesteme sau iubire. Dar viața i-o aruncă în cale pe Nora Barnes și schimbă absolut totul.

Dacă îți place un roman de dragoste cu o tentă de paranormal, cu personaje puternice și o mică doză de umor, atunci aceasta este cartea pentru tine.

About the Publisher

It is based in Toronto and brings to public various books: poems, novels, short-stories, children's books, language study books and non-fiction. It publishes the literary review: Scarlet Leaf Review: www.scarletleafreview.com

Our mission is to help emerging authors and poets to make their works known to the public.

Contact   email   address: scarletleafpublishinghouse@gmail.com